Über dieses Buch

›Leviathan‹, eine kurze Erzählung von 30 Seiten, ist die Fanfare, mit der Arno Schmidt 1949 die literarische Szene betritt. Ihr Thema: der Mensch am Ende der Kriegskatastrophe, im Güterwaggon auf dem Brückenpfeiler, dessen Bogen vor- und rückwärts gesprengt sind. Im hastigen Gespräch wird entwickelt, wovon die Situation den Beweis gibt: eine kosmologische Dämonologie von der Bosheit des Universums. Inhalt und Form werden unnachahmlich zu einem einzigen Mittel einer äußersten Perspektive-Verkürzung verschmolzen.

In den ›Schwarzen Spiegeln‹ sind vorhergegangene und künftige Katastrophe jenseits des Bildrands verlegt, zwischen ihnen bleibt Raum für die düstere Romanze einer reduzierten Welt, wie sie bei Arno Schmidt als eines seiner Leitmotive in mehrfachen Abwandlungen wiederkehrt.

Der Autor

Arno Schmidt, am 18. Januar 1914 in Hamburg geboren, lebt heute als freier Schriftsteller in der Lüneburger Heide. Sein Werk umfaßt Romane und Erzählungen: ›Leviathan‹ (1949), ›Brand's Haide‹ (1951; Fischer Taschenbuch Nr. 1420), ›Aus dem Leben eines Fauns‹ (1953; Fischer Taschenbuch Nr. 1366), ›Das steinerne Herz‹ (1956; Fischer Taschenbuch Nr. 802), ›Die Gelehrtenrepublik‹ (1957; Fischer Taschenbuch Nr. 685), ›Rosen und Porree‹ (1959; daraus Fischer Taschenbuch: ›Seelandschaft mit Pocahontas‹, Nr. 719), ›KAFF auch Mare Crisium‹ (1960; Fischer Taschenbuch Nr. 1080), ›Kühe in Halbtrauer‹ (1964; daraus Fischer Taschenbuch: ›Orpheus. Fünf Erzählungen‹, Nr. 1133), ›Trommler beim Zaren‹ (1966; daraus Fischer Taschenbuch: ›Sommermeteor. 23 Kurzgeschichten‹, Nr. 1046); literaturgeschichtliche Arbeiten: ›Fouqué, und einige seiner Zeitgenossen. Biographischer Versuch‹ (1958), die Karl-May-Studie ›Sitara, und der Weg dorthin‹ (1963; Fischer Taschenbuch Nr. 968) und dialogische Stücke literatur- und kulturgeschichtlichen Inhalts für den Funk (daraus Fischer Taschenbücher ›Nachrichten von Büchern und Menschen‹ I und II, Nr. 1164 u. 1217, und ›Tina‹, Nr. 755). 1970 erschien ›Zettels Traum‹, 1972 ›Die Schule der Atheisten‹. Arno Schmidt wurde 1951 mit dem Großen Literaturpreis der Akademie der Wissenschaften und der Literatur, 1964 mit dem Fontane-Preis ausgezeichnet. 1965 erhielt er die Große Ehrengabe für Literatur des Kulturkreises im Bundesverband der Deutschen Industrie, 1973 den Goethe-Preis der Stadt Frankfurt.

ARNO SCHMIDT

LEVIATHAN
UND
SCHWARZE SPIEGEL

Fischer
Taschenbuch
Verlag

Fischer Taschenbuch Verlag
Juni 1974
Ungekürzte Ausgabe

Umschlagentwurf: Jan Buchholz/Reni Hinsch

Fischer Taschenbuch Verlag GmbH, Frankfurt am Main
Lizenzausgabe mit freundlicher Genehmigung
des S. Fischer Verlages GmbH, Frankfurt am Main

Gesamtherstellung: Hanseatische Druckanstalt GmbH, Hamburg
Printed in Germany
ISBN 3 436 01915 1

INHALT

LEVIATHAN

oder

DIE BESTE DER WELTEN

Berlin
20 th May 45

BETTY DEAR!
I'm quite in a hurry (but thinking always of You and the kids, of course). – The town is fearfully smashed, rather like a bad dream; well: They asked for it and they got it. – The Russians look a good jolly sort and are amiable to deal with. We all expect them to join now against the damned Japs, and that'll settle that too, I'm sure. Hope to see You again quite soon.

JONNY

The watches and bracelets – well, stow them away; I had to throw them into the box absolutely at random, hope they'll not be badly damaged. The German insignia and MSS I got from a Russian Lcpl for a souvenir (gave to him some cigarettes in return). – 1000 kisses. –

J.

14. 2. 45
Der Kopf pulst wie ein schwellendes Glockenmaul – oh –. Ich muß den Mund blähen und zerren. – Oh! –.
Später
Im Stahlhelm ist kaum ein flaches Grübchen; war sicher ein Querschläger von den Schienen her. Aber ich kann wieder denken und mich regen. – Die ganze Stadt (und auch hier das Bahnhofsgelände) liegt immer noch unter Beschuß; sadistisch: hier einen hin, dort mal fünf, wie-

der zurück. Der Schnee ist ganz schmutzig vom Ruinenstaub. Am meisten schießt es im Osten und Norden (Richtung Kreuzberg und Kerzdorf); dort geht unaufhörlich der Infanteriekampf. Ich habe nur noch meine Pistole (n) 11,25 mm; geladen, und in der Tasche ein paar Patronen lose. – Schätzen kann man an solchen Tagen die Zeit überhaupt nicht; es ist immer gleich hellgrau, die Zäune immer schwarz. (14,16 ist es.) Ich muß machen, daß ich fortkomme; mein Marschbefehl ist nach Ratzeburg. – Toll, wenn man so die Bahnhofstraße sieht; man kennt jede Ecke; täglich bin ich da gegangen; im klirrenden Winter 28/29, im hellblau und kalten Frühling, im kastanienheißen Sommergrün, oft ist die herbstlich rauschende Queisbadeanstalt in meinen Träumen. Man müßte doch eigentlich zusehen, ob man nicht noch eine Lok auftreiben könnte, die Gleise sind noch fast heil (so spielt man nun mit Gedanken; ich kann doch gar keine bedienen. Anstatt zu handeln).

15,00

Gleich vorn standen noch drei Güterloren; eine mit Kies, dann ein G.-Wagen, hinten ein Spezialfahrzeug (mannsdickes Stahlgerät; hab's nur im Vorbeilaufen gesehen). Im G.-Wagen waren schon Ratlose genug; vorgestern abend, 22,00 h, sagten sie, sei die Stadt evakuiert worden. Sie hätten immer noch gedacht . . . Zwei Soldaten (einer davon eine blutige Binde um den Kopf); ein junges Ding zeigt frech die Augen; ein Pfarrer mit Familie.

15,10

(Hinter dem Sonderwagen): Ich habe sie gleich wiedererkannt! (Zuerst sah ich nur die dünne ältliche Frau, ihre Mutter.) Sie trug einen braunen weiten Pelzmantel,

schwarz-geströmt. Bis sie sich umwandte. Sie hob sofort wieder erstaunt und kalt amüsiert die linke Augenbraue und schob das Kinn vor; dann schwenkte sie einen großen Koffer hoch in den Wagen. (Vier Einschläge kamen gleichzeitig ins Ausbesserungswerk; einer davon so nahe, daß wir im Luftdruck schwankten, ehe wir uns hinwerfen konnten. Qualmpilze spritzten im Grus haushoch; Gestein und Metall erschien brockig in der Luft. Ihr dunkles Haar im Schnee.) Drüben aus den rissigen Hallen sprangen geduckt zwei Männer, fielen zusammen, sahen sich kauernd um, krochen über die Schienen heran. Den schmutzigen Blauleinenanzügen nach Schlosser („Millionen tragen Greiff-Kleidung", 232/3/11, oh, gut!) Ich rief sie gleich an: „Habt ihr nicht noch 'ne Maschine? Könnt ihr fahren? —" Sie keuchten, winkten ab. Drin wären noch genug! Aber viele von Tieffliegern zerschossen. Auch fahren, ja (der eine war sogar Lok-Schlosser). Aber es hätte weder Wasser noch Kohle mehr. Sie kam herangeschlendert, die Hände in den Taschen, und wies mit Schultern und Kopf nach der anderen Seite, über der Straße: „Kohle ist drüben." Wir verhandelten lange mit den verstörten Mechanikern, es war aber doch besser, irgend etwas anzufangen; wir Männer trugen Kohle in Säcken. —
Die lange Dämmerung. Schleppen. Dunkel raunt ein, wie ein Maler zögernd eine nächtige Farbe mischt. Schleppen. Staubiges Gelb. Schleppen. Rauchiges Rot. Schleppen. Durch ein Ruinenfenster zwinkerte feist der erste Stern; dick, dreistgelb, ein Bankier. Schleppen. Der Himmel wurde klar und versprach kommende Kälte.

Nach 18,00

Schon Nacht; aber es brennt überall in der Kupferstadt

(vorhin fiel weit hinten die katholische Kirche ein). Wir sind jeder vielleicht dreißigmal hin und hergekeucht (und die MG-Garben rasselten über die Dächer); es sind noch ein paar dazugekommen, drei alte Männer und zwei Jungen in HJ Uniform (wollten zuerst nicht mithelfen zur „Flucht", natürlich). Wir haben, schätze ich, 200 Zentner im Tender. Der eine heizt schon; wenn wir sie unter den Wasserkran kriegen, wird's vielleicht sogar klappen. Die Frauen und Kinder haben aus einem Viehwagen altes Stroh geholt, von Pferden; stinkt, und garantiert voll Flöhe. Ich liege ganz vorn in der Ecke, und neben mir Anne Wolf; Anne Wolf. Sie kommandiert schon im Wagen und hat also auch das angeordnet. In der Stadt kracht und zittert es.

20,00

War noch einmal drüben, aus einem erhitzten Gesicht hoch oben im schwarzen Eisenblech prallte eine kleine Stimme: „Halbe Stunde noch!"; die Ventile schlugen. – Hab mir im Bahnhofsgebäude Hände und Augen gewaschen; das Wasser lief noch. Im Dunkel blinkten die Gläser, die Tische umgestürzt, zerbrochen. Wartesäle: wie oft habe ich in ihnen gesessen, gestanden, Lauban, Görlitz, Greiffenberg, und in die Menschenströme gestarrt; auf allen Stühlen saßen sie, schwatzten, aßen, gingen; ich notierte Allewelt: die sanften Lampen, die bunten Getränke, das starke Rot und Gold der Salem-Packungen; Lichtdunst der Bahnsteige; helle Zugfenster perlten in die Nacht. –

Dennoch zieht es hier wie die Pest; bloß raus.

Im Waggon

Eigentlich ist es Wahnsinn, daß wir überhaupt fahren wollen; es kann uns passieren, daß 500 Meter weiter die

Schienen gesprengt sind. – Mir gegenüber liegen die beiden anderen Soldaten, das Mädchen dazwischen (so übelster Näherinnen-Typ); ein Siebziger in Postuniform (108jähriger am Amboß, u n d gibt all seinen Verdienst dem WHW! so heißt's doch immer in den Zeitungen); daneben Pastor's inmitten der sieben Kinder (sieben; na ja, wenn er nicht Gott vertrauen wollte, wer soll's dann? Zwei müssen schon an der Längsseite der Tür liegen). Auf unserer Seite sind neben mir Anne, ihre Mutter, zwei halbwüchsige Schulmädel; dann die beiden HJ-Helden mit ihrem halben Dutzend Panzerfäusten (die haben sie prahlerisch als Kopfkissen genommen, und rauchen nachlässig; fein; die Jugend ist ja unsere Zukunft, n'est ce pas?). Dann noch die beiden anderen Alten und eine Greisin (vom Lande sicher; man hört aus der Ecke immer vom „guden Boden" – mit dem widerlich langen „u" der Schlesier: „Nee, der gude, gude Boden!" Extra Silesiam non est vita).

Vorhin

Nach vielem Rangieren schob sich langsam die Lok heran; sie koppelten und fluchten. Wir haben vergeblich versucht, den letzten Wagen loszukriegen, es ist alles festgerostet; der Lokführer rief: „Macht bloß den Schwellenreißer ab! –" Sieh da, der Schwellenreißer! In Drontheim, in der Wochenschau hab ich ihn gesehen; er war da im Osten „eingesetzt". Der Gedanke ist ganz einfach: am letzten Wagen hängt der viele Tonnen schwere „zweckvoll geformte" Stahlhaken, greift hinter die Eisenbahnschwellen, vorn fährt die Maschine an, und er reißt eine nach der anderen mitten durch. Geht ganz leicht, so schnell der Zug eben fährt. Damals saßen ein paar wehrhaft lachende Landser darauf („Sie sind soeben gefilmt worden"), anstatt daß ihre Gesichter von Grauen gezerrt waren! Ich hab mich am Kinostuhl festhalten müssen, mit aufgerissenen Augen; an Cervantes gedacht und Mozart, und den Major Fouqué (Mann, gibt es denn das: „Major" und „Undine", „Alethes"!). Kant hat nur die Beweise für die Existenz eines „lieben" Gottes als faule Witze entlarvt; wir können heute schon direkt welche dagegen geben: der Schwellenreißer ist ein guter (gewiß; auch die Kommandanten von Oeveraas, 21./976, die Schweine, Zeller an der Spitze; außer Dittmann und Georg). — Nun ist er aufgebockt und liegt von einer dicken Kette gehalten, oben auf der Wagenplattform. Ich stieg wieder ein; Anne raschelte in einem Papier.

21,07

Endlich: ein leises Rollen hob unter uns an: wir fuhren. Langsam.

Später

Vorn scheint doch nicht alles in Ordnung zu sein; wir waren kaum unter den drei Unterführungen hindurch, da standen wir schon wieder. Die Tür auf meiner Seite geht nicht ganz zu, und der Fahrtwind ist fast unerträglich kalt (haben versucht, sie zuzurucken; aber es geht nicht. Hinten brennt es überall). Ich konnte gerade den Buckel des Steinberges und die Hohwaldchaussee unterscheiden. Aus der Soldatenecke gegenüber kam Gekicher und zweimal ein kleiner frecher Schrei; selbst der Verwundete schäkerte schlaff und geil hinein. Der Pfarrer bat wiederholt um Kraft und rühmte die Reichweite der Güte des Herrn, was Frau und Kinder nachhallend bekräftigten; widerlich. Die alte Frau und die stoppelbärtigen Alten fluchten auf „den Hitler"; dann wieder auf den „Hitler, der verfluchte Lump!“ (das „u“ diesmal ganz kurz und betont). Ein furchtbarer Ruck; Funkiges fuhr seidenrot vorbei; wir rollten wieder ein paar Minuten.

Fast Mitternacht

Wir halten immer noch (etwas hinter dem Krankenhaus wohl). Hab etwa eine Stunde gedöst, bis ich frierend erwachte. Die Kinder winselten vor Kälte und mußten austreten. Es wurde vorgeschlagen, daß alle das gleichzeitig tun sollten, damit nachher möglichst die Tür geschlossen bliebe. Bon.

Draußen

Dünne hohe Ruten beben im Wind, der über'n morschen Schnee seufzt; eine Kiefer federt gleichmäßig hin und her; man huschte und kauerte hinterm Gesträuch. Ich sah die Sterne; winzige lodernde Gesichter, kalkweiß und hellblau; Ursa majoris, die kleine; dazwischen der Drache. Die Lichtschleier am Horizont murrten unaufhörlich. Auch Anne bummelte hochhüftig hinter ihrem Busch hervor. Der alte Postbeamte trat höflich zu mir: „Auch ein Sternenfreund, Herr Unteroffizier?“ Er zeigte mit dem Kopf nach hinten ins Gebränd: „Wie gut, daß es noch eine Unendlichkeit gibt — —.“ Ein hageres, leidlich würdiges Gesicht. Aber sie hörte. Ich drehte mich langsam (ho, eindrucksvoll!); ich sagte zerstreut: „Sie irren sich; nicht einmal die Unendlichkeit gibt es. — Glücklicher Homer —.“ Er krauste erstaunt und höhnisch die nackte Stirn im Nachtlicht: „Kant. Schopenhauer“, gab er heiter die weitere Richtung an, „wie stellen Sie sich das vor: die Stelle, wo der Raum ein Ende hat?“ Auch der Pfarrer ließ sich von dem gestirnten Himmel über sich ergreifen: „Gott“, gab er an, ist unendlich —.“ Ich disputiere nie mit Frommen, ich sprach auch jetzt in Richtung unseres Sonderzuges: „Auch Sie irren sich; es gab einen Dämon von wesentlich grausamem, teuflischem Charakter, aber auch er existiert jetzt nicht mehr.“ Er sprach ergriffen: „Sie lästern! –“ Wind. HJ. riß ein Streichholz an. Eine magere Sternschnuppe zog eine Silberbraue über Beteigeuze (an dem zornigen Namen besoff sich mein Vater einmal, so um 22, „Beteigeuze, die Riesensonne“, Artikel im Fremdenblatt). Anne trat an mich heran: „Helfen Sie mir doch mal hoch“, sagte sie; es geschah. Ihr glücklichen Augen. Wir stiegen alle ein. Der Alte fragte verächtlich aus dem Dunkel: „Also – wie denken Sie sich das: mit dem –“ betont: „nichtunendlichen Raum?“ Anne drehte das Gesicht zu mir (man sah nur einen fahlen Fleck) und ich sprach:

„Unbegrenzt; aber nicht unendlich. Eine Kugeloberfläche: ist auch unbegrenzt, aber nicht unendlich. Wir können uns zwar nur Drei-Dimensionales vorstellen (eine Folge unserer Gehirnstruktur), aber folgen Sie mir einmal zur Erläuterung ins Zwei-Dimensionale. Eine „unendliche“ Tischplatte, zwei gleichgroße Pappdreiecke darauf: die denkenden Dreiecke. Diese Wesen können sich in ihrem Raum nur umeinander verschieben; wollten sie z. B. ihre Kongruenz nachweisen, müßten sie Winkel und Seiten messen und trigonometrische Folgerungen ziehen; wir heben zum Nachweis nur eins der Dreiecke in unseren, um eine Dimension höheren Raum hinaus, und decken es auf das brüderlich andere. – Diese Gebilde stellten unter anderem folgende fundamentale Sätze auf: Eine Gerade ist die kürzeste Verbindung zweier Punkte, durch einen Punkt zu einer Geraden gibt es eine Parallele; aus dem Parallelensatz ergibt sich die

Winkelsumme im Dreieck zu 180 Grad." — Hier schrie die Nutte hoch unkeusch und sagte: „Jetzt nicht!" — Ich sprach: „Ein weises Dreieck untersuchte eine in sich zurückgekrümmte, ebenfalls zweidimensionale Kugeloberfläche, und fand, daß dann die Geraden (d. h. die Linien kürzester Entfernung) Großkreise würden, es also keine Parallelen mehr gäbe, und die Winkelsumme größer als 180 Grad sei. Ein anderes fand, daß auf einer Pseudosphäre es bei Anwendung der gleichen Grundsätze unendlich viele Parallelen gebe (faßlich am Beltramischen Grenzkreis), und die Winkelsumme kleiner sei als 180 Grad. — Welcher dieser 3 möglichen zweidimensionalen Räume war nun der „wahre"; welche Geometrie galt? (Und übertragen Sie diese Gedankengänge auf alle n-dimensionalen Räume)."

Hacken tupften rhythmisch den Boden: „Wer Klavier spielt, hat Glück bei den Frau'n . . ."; Jugend fand sich im Gedicht; „. . . denn der Klang des gespielten Klavieres . . ." (Weiß Gott! „gespielten Klavieres"; wir sind gerichtet!). Der Alte fragte, schon unsicher: „Alles verstehe ich noch nicht — und welcher ist es denn —?" Ich sprach: „Eine Dreiecksmessung entschiede alles (theoretisch); aber bei der Kleinheit des uns zugänglichen Raumes ist diese Methode nicht brauchbar. Aber z. B. die Anwendung des Dopplerschen Prinzips (der Messung von Radialgeschwindigkeiten durch Linienverschiebungen im Spektrum) ergab, daß die Geschwindigkeiten himmlischer Gebilde mit der Entfernung von uns wachsen, bis an die Grenze der Lichtgeschwindigkeit; eine zunächst völlig grundlos erscheinende Abhängigkeit. Denken Sie sich aber — wieder im 2-Dimensionalen — an eine Kugel eine Tangentialebene gelegt, und die sich auf der Kugeloberfläche annähernd gleichmäßig bewegenden Lichtpunkte auf diese Ebene projiziert, so haben Sie Ähnliches. Es gibt noch andere gewichtige Gründe. Das Ergebnis ist: unser Gehirn entwirft vereinfachend (biologisch ausreichend!) einen 3-dimensionalen, euklidischen, verschwommen-unendlichen Raum, eben ein Stückchen „Tangentialebene"; in Wahrheit aber ist dieser in sich zurück und in einen 4-dimensionalen hineingekrümmt (denken Sie an die Kugeloberfläche im 2-dimensionalen Beispiel); also mit endlichem, in Zahlen ausdrückbarem Durchmesser. Unbegrenzt aber nicht unendlich. —"

Wind fauchte wie ein böses Tier am Klaff und suchte im Stroh. Ihre Mutter fragte halblaut: „Wann hat Alfred denn zuletzt geschrieben?" Sie antwortete gleichmütig: „Am liebsten ließ ich mich scheiden —". Es war ein Ruck, sie hatte also geheiratet (natürlich; ich hatte damals ja auch überhaupt nicht mit ihr zu sprechen gewagt; sie immer nur gesehen; damals). Der Alte antwortete zitternd: „Also hat Schopenhauer in dieser Hinsicht doch unrecht gehabt — — und ich hatte gedacht . . ."; er murmelte und sann. Anne fragte kauend (noch immer tricky, oh Du!) „Können Sie eine Zahl nennen? — Für den Durchmesser?" — Ich sprach: „Er schwankt. Dieser Raum pulsiert." Der Wagen ruckte an, daß die Tür aufschurrte; wir fingen sie wieder und legten uns. Eins der Gotteskinder begann zu singen mit seltsam hoher und fiebriger Glasstimme; wer weiß, wie lange sie schon auf den Treckstraßen gelaufen waren. Und der Verbrecher in Berlin hetzte das ganze Volk in Tod und Grauen, um immer „größer" und „einmaliger" zu werden, ein Zwitter von Nero und Savonarola; nur schade, daß er sich der

Gerechtigkeit des getäuschten Volkes entziehen würde, feiger als jeder seiner Soldaten. Schon zu viel von ihm. — Mantelkragen hoch, und die Ohrenklappen runter; es ist hundekalt.

Noch dunkel

Wenig geschlafen; aber alles mögliche gedacht. Cooper fiel mir ein (also auch der „Hochwald"). „— es liegt etwas Fremdes und Abwehrendes in Schmuck und Feierkleid der Frauen —"; ich drehte mich auf die rechte Seite, ich sagte nachtwindleise in ein Ohr: viele Erinnerungen. Sonne, Wind. Die gelben Abende, auf der Flußscheibe entstand Schwatzen und Gelächter. Syringen im Regen. Knaben knieten schreiend am grünlichen Teich. Die Nacht begann im Weidengewölb hinter den Zweigen. Sie atmete gleichmäßig und kummerlos; im Schlaf. Warum auch nicht. War nicht alles wie eine Erzählung geworden? Und hatten auf den Fliederblättern nicht auch damals tödlich fette Raupen gelümmelt; und die blökenden Buben hatten das stille Wasser gepeitscht, bis es zischte? War nicht meine Seele auch damals gequält gewesen, und das Dasein etwas, das besser nicht wäre? Wenn ich nur hätte schlafen können. Sehr schuldig war auch Nietzsche, der Machtverhimmler; er hat eigentlich die Nazi-Tricks gelehrt („Du sollst den Krieg mehr lieben als den Frieden . . ."), der maulfertige Schuft; er ist der Vater jener Breker'schen Berufssoldaten, die, wenn man ihnen Felsblock und Keule nimmt, verhungern müssen, weil sie „halt weiter nichts gelernt haben". Der und Plato waren große Schädlinge (und Ignoranten nebenbei: siehe Naturwissenschaften). Oh, des Morgen- und Nachmittagsgoldes im Aristipp. Und der Bart fing an zu stacheln; Wärme schien es zu bringen, wenn man ruckartig alle Muskeln im Körper gewaltsam spannte, so lange man konnte; die Durchblutung begann dann, aber es war verdammt anstrengend. Gähnen. Die Dreiviertelnacht war voller Gestank; ein Schnaps wäre das Richtige gewesen, elender Fusel meinetwegen, aber hochgiftig. Oder wurde es schon morgengrau?

8,00

Es gab einen Pfiff vorne (damit man ja auf uns aufmerksam würde; was doch die Gewohnheit macht!); dann puffte die Maschine langsam, immer schneller, Dampf aus, und wir rumpelten wieder mal. Sogar ziemlich lange. Natürlich erwachte alles und sah mit schlaffen grauen Gesichtern umher (Ja, ja; keine Angst; es ist immer noch dasselbe Elend). Das kranke Kind blühte gefährlich wie eine Rose. Da: langsamer. Schluß. Na also.

9,30

Donnerwetter, das war knapp. –

Wir hielten irgendwo um Nikolausdorf zwischen hohen Böschungen, kieferngesäumten. Die meisten stiegen aus; ich stapfte vor zur Lok: sie kriegten den notwendigen Dampfdruck nicht mit der schlaffen nassen Kohle; es könnte Stunden dauern, bis es wieder soweit wäre. Sie arbeiteten aber unermüdlich. –

Ich klomm die Südböschung hinauf und in den niedrigen grauen Tag (noch immer dünn und gleichmäßig bewölkt, aber schon wesentlich kälter). Im Norden, gar nicht so weit von uns, spritzte erdiger Schnee von den Einschlägen leichter Artillerie. Ich schrie den Heizer an: er sollte das ewige Dampfablassen mal stoppen, aber er zuckte nur die Achseln. Plötzlich kamen die Dreckfontänen sprunghaft näher; setzten über uns, wichen zurück; es pfiff in den Lüften wie tausend Schufte. Ich gröhlte entsetzt alle zusammen (wie langsam sie kamen), und der Russe schoß sich auf den Zug ein. Ich rief ihnen zu, seitlich auszuweichen, nicht etwa unter der Flugbahn hin- und herzulaufen. Hanne kam sofort zu mir gerannt (geschmeidig und sportlich wie früher) und warf den Kopf neben mir auf die Kiesel. Auch die Soldaten krochen an, ihre Mutter, der Alte. Schwarze Punkte glitten aus einem fernen Waldstück — Panzer! — und auf einmal war ein vögelchenfeines heiteres Piepen über uns; ich schob ihren Kopf hinunter und kreischte zum langsam herbalancierenden Pfaffen: „Hinlegen!!" 100 Meter rechts von uns, wo der verfluchte Spirituskocher dampfte, stachen zwei mannslange schwarzrote Flammen aus den Kiefernkronen; und wieder „Huiii — Ua!" Und wieder. Eisen tönte unten im Hohlweg; schwere Lasten. Ich fragte keuchend: „Wissen Sie noch — Görlitz. Die kühle Bahnhofshalle. An Sommermorgen. —" Sie nickte gleichmütig, und ich schob mich flach an einen Busch, und hob die bebrillten Augen über den Rand. It cracked and growled and roared and howled. Aber nicht nur wir hier, sondern auch die Tanks schienen unter heftigem Beschuß zu liegen (Anne war schon neben mir und ihr Marlene-Dietrich-Profil verstörte mich wieder in selige Knechtschaft). Noch einmal klatschte einer eine hysterische MG-Salve in die Baumstämme, dann drehten sie ab und rauhten wieder ins Wäldchen. Wir rannten sofort geduckt hinter der Böschung zurück: da war der Boden rot; rot, ach. Einer der alten Bauern saß stumpf und hielt den tropfenden schlenkernden Arm. Und eins der Kinder war fast völlig zerrissen von zwei Riesensplittern, Hals und Schultern, alles. Die Mutter hielt noch immer den Kopf und sah wie verwundert in die fette karminene Lache. Das kranke Ding aß alten Schnee vor Hunger und Durst; ich klopfte ihm ein bißchen die Hände; es hat ja doch keinen Sinn, ich hatte auch nichts zu essen. Dem alten Briefmarkenstempler wurde fast schlecht: „Ist denn das möglich —“ flüsterte er und würgte am Speichel. Der Pfarrer tröstete die weinende Frau; er meinte: „Der Herr hat's gegeben; der Herr hat's genommen —“ und, hol's der Teufel, der Feigling und Byzantiner setzte hinzu: „Der Name des Herrn sei gelobt!“ (Und sah dabei stolz auf uns arme verlorene Heiden, die schamlose Lakaienseele! — Das schuldlose Kind — Seine 2000 Jahre alten Kalauer von der Erbsünde kann er doch nur einem erzählen, der keine Krempe mehr am Hut hat: Haben diese Leute denn nie daran gedacht, daß Gott der Schuldige sein könnte? Haben sie denn nie von Kant und Schopenhauer gehört, und Gauß und Riemann, Darwin, Goethe, Wieland? Oder fassen sie's einfach nicht, und mampfen kuhselig ihren Kohl weiter durch die Jahrhunderte? Das ist der Geist, der Flußregulierungen als Mißtrauensvota gegen Gott und Eingriffe in SEINE Schöpfung ablehnt. Einen Gottesgelehrten hab ich mal scharf vom Blinddarm urteilen hören: „Wenn er nicht zu was gut wäre, wär' er doch wohl gar nicht da!“ — Whatever is, is right: Das gilt ja dann auch für spinale Kinderlähmung, Nonnenfraß, Sphaerularia Bombi Dufour und Herms Niels; blinde Gefolgschaft scheint immer schwarze Uniform zu tragen. — Pack).

11,00

Er wühlte das Grab mit den Händen, die er dabei kokett und andächtig betrachtete. Ich sah, wie er die Erinnerung kostbar beiseitelegte: wie würde einst seine Stimme aus herbsten Erschütterungen hertrauern können, wenn er berichtete –: – „mit meinen eigenen Händen ...“ Der Affe. –

Mittag

Ich hatte mir meinen Brotbeutel umgehängt (falls wir den Wagen verlassen müssen) und mich an eine schwärzlich nasse Kiefer gelehnt. Auch die anderen standen zum Teil herum. Anne hatte eine Zigarette im Mundwinkel; plötzlich fragte sie: „Wieso pulsiert Ihr Raum denn –?“ und der Alte drängte sich heran. Ich war müde; ich runzelte unhöflich die Stirn, aber ich sagte angestrengt:

„Im endlichen Raum ist sparsam Materie verteilt; ihre Gleichartigkeit ist bewiesen durch Spektralanalyse und Meteoreinfang. Ebenso ist aller zerteilten Materie Gravitation eigen; d. h. Wille zur Vereinigung aller Atome. Beides deutet gemeinsamen Ursprung an. –

Denken Sie im 2-Dimensionalen an einen aufgeblasenen Kinderballon: ähnlich wurde eine Quantität Materie und mit ihr unser endlicher Raum mit begrenzter Energie ausgebläht. („Apropos, Blähungen –“ sagte der eine Soldat, und ich nickte ingrimmig; wie wahr, mein Sohn, wie wahr! Anne lachte ehern). In den Fliehbewegungen der extragalaktischen Nebel mag sich noch diese ehemalige Ausdehnung unseres „Alls“ andeuten; vielleicht ist die Lichtgeschwindigkeit irgendwie mit der dehnenden Kraft zu verbinden. (Strahlungsgesetze, Ausbreitungsgesetze: Licht, Schall – und Kontraktionsgesetze: Schwere – werden beide durch das Quadrat der Entfernung geregelt). Aber die Gummihaut will sich zusammenziehen: die Gravitation ist diese „Oberflächenspannung“ des Weltalls, der Befehl zur Einholung des materiellen Universums, der Beweis für die unvermeid-

liche Kontraktion. Die homogene, gravitationslose „Endkugel“, in der keine physikalischen oder chemischen Umsetzungen mehr erfolgen, die also ohne Kausalität und eigenschaftslos ist, wird dann für Wesen mit unserer jetzigen Hirnleistung sofort verschwinden, mit ihr der geschrumpfte 3-dimensionale Raum, auch unsere Zeit. –“
Der Pfarrer hatte mitleidig und zerstreut zugehört, aber jetzt fragte er doch erstaunt und kindlich: „Wieso? – Verschwinden – –“, und schüttelte völlig überrascht den gepolsterten Hohlkopf. Der Alte war eifrig wie ein Jagdhund geworden; das verstand er: denn seinen Schopenhauer schien er leidlich parat zu haben; er nickte gespannt und murmelte Passendes aus dem Satz vom Grunde. Der Himmel wurde schon an vielen Stellen blau; es würde Kälte kommen. Und das kranke Mädelchen kannte schon niemanden mehr, und schlug mit den Händen nach dem Fiebergott (mit dem Fuchsgesicht; dem Bündel roter Pfeile vor der Brust; siehe Weilaghiri). Ich fürchte, er wird bald wieder den da oben rühmen können.
Richtig gewaschen hab ich mich schon seit 8 Tagen nicht mehr; wir sehen alle bräunlich und schlank aus (wie Kügelgens Großvater).
Hört, hört
Ein Soldat unterhielt sich mit den HJ-Halbwüchsigen (und die BDM-Mädchen nickten überzeugt): „Wir haben noch was; wir siegen. Der Führer verfolgt eine ganz bestimmte Taktik; erst lockt er alle rein, und dann kommen die Geheimwaffen.“ „Goebbels hat ja wörtlich gesagt“, erwiderte der eine Junge, „‹als ich die Wirkung der neuen Waffen sah, stand mir das Herz still› Und in drei

Jahren ist alles wieder — schöner — aufgebaut. Die Pläne liegen alle fix und fertig beim Führer im Schreibtisch." Und so weiter. Und ihre Augen leuchteten wie die Scheiben brennender Irrenhäuser. Ich würde begrüßen, wenn die Menschheit zu Ende käme; ich habe die begründete Hoffnung, daß sie sich in — na — in 500 bis 800 Jahren restlos vernichtet haben werden; und es wird gut sein.
Die Sonne erschien auf einen Augenblick zwischen schüchternen Wolken. Ich hockte mich auf einen Baumstumpf; unten lehnte Anne am roten Wagen, ganz im Licht. Der Kopf sank mir auf die Brust, ich schlief ein. Weit war der wimmelnde Bahnhof, Treppen und Hallen; da schrie ich schon: „Sie kommen! Deckung!"
Zehntausend Traumgesichter erbleichten, an allen Wänden bargen sie sich, ich warf mich neben die Steinstufen. Oben in der klaren Luft loopten die drei Maschinen; ganz deutlich die Einzöller-Rohre aus den Tragflächen. Anne war weit von mir getrennt worden, ein Gestaltenstrom schwemmte dazwischen; ich hob nach ihr rufend den Kopf, da zuckte es schon auf den Steinen und gellte. Armlange grüne Flämmchen stachen schlank aus dem Boden, rissen tischgroße Erdfladen heraus, Splitter jaulten, man blutete. Sie flogen Karussell und feuerten, Ruck und Widerruck; durch Lokomotiven; faustgroß durchlöcherten sich Hauswände; eine Baumkrone kam brechend herab (Madonna mit der Gasmaske, Aufgabe für alte Meister) — da: Abflug! Ich rannte zurück, zu unserem Wagen (der sich plötzlich in einen Personenwagen verwandelt hatte), ich rief verzweifelt: „Anne! Anne!", aber da trat sie schon ans Fenster. Ich kam langsam auf das Trittbrett, müde, im alten dreckigen

Soldatenmantel, müde; ich faßte das herabgelassene Fenster mit beiden Händen und sah hinauf in ihr Gesicht, sah und sah. Leuchtende Stille und Seligkeit. Ihr Mund wollte sich spöttisch und ziervoll krausen, Erstaunen und zärtliche Heiterkeit, Fremdheit und Neigung. Sie zog eine Hand aus der Tasche und schob sie mir über die Stirn ins Haar. Ihr Gesicht war hell von meinen Augen; sie sann und rätselte. Sie sagte: „So viel Schmutz und Elend die ganzen Jahre —." Streichelndes Schweigen. Schwermütig und listig bog sich noch einmal das Lippenrot, Gelächel und Worte, gefährlich und versprechend: „Und ein Schutzengel wäre doch recht nötig, wie? —"

Ich zuckte; ich erwachte; Goldsonne und Blauschatten fleckten um mich. Anne stand vor mir, betrachtete mich interessiert und fragte: „Was ist denn los? Sie haben ja gar so innig und intim nach mir gerufen." Sie machte eine winzige artistische Pause und meinte ironisch und wissend: „Geträumt, eh?!" Ich spannte die Brauen: ich erzählte; Wort nach Wort. Sie lauschte mit spöttisch geneigtem Ohr. „Und — c'est tout?" — fragte sie, und tat enttäuscht: „— recht wenig pikant eigentlich. Soldaten sollen doch im allgemeinen aggressiver sein —". Herausfordernd. Ich nickte höflich und sagte: „Ich weiß, ich habe mich wenig geändert. Sie allerdings auch nicht." Sie drehte mir auflachend, dann pfeifend den Rücken („Fräulein, heut dürfen Sie nicht allein sein . . .") hielt an, kam zurück und erkundigte sich: „Passiert Ihnen das übrigens öfter: von mir zu träumen —?" Ich zögerte gar nicht, ich sagte verbindlich: „Ja." Sie warf anerkennend den Kopf und meinte über die Schulter: „Etwas anders sind Sie doch geworden. Früher haben Sie bloß Augen wie Spiegeleier gemacht — na schön". Sie bummelte wieder zu ihrer Mutter hinab. Das kranke Kind starb gerade; Och orro orro ollalu.

14,13

Trübe strömte am Himmel, zuerst nebelfein, hoch über dem hohlen bläulichen Schnee; Wind sprang fetzig im Westen auf; die Welt versank in grauer Heiserkeit: es begann zu schneien. Schwer und scheußlich.

Unten im Wagen

Alles hockt grämlich beisammen; friert, hustet, hungert. Auch Durst. Bald sollen wir wieder fahren können.

16,10

Der Schnee, der Schnee; stundenlang. Anne hatte die Hände in die Taschen gestoßen und saß unbeweglich. Der Alte räusperte sich. Noch einmal. (Er sah schon schmutzig aus und weiß und dürr.) Er sah mich beherrscht an und fragte: „Sie sagten vorhin, dies Universum sei in Kontraktion begriffen und wäre zuvor „ausgeblasen“ worden. Können Sie eine Vermutung für dieses Pulsieren angeben?“ Er machte das Gesicht klein und faltig und lauschte angestrengt. Die HJ verglich die Panzerfäuste (zum Entsetzen der ländlichen Greisin): „. . . also Loch kommt auf Loch; zuschrauben . . .“, sie spielten so eifrig damit, echte Kinder des Leviathan (Du bist mein lieber Sohn . . .); böses Eisen und tödliches Feuer; ei, die Wohlgeratenen. Ich dachte an die irrsinnigen Hetzplakate des Gauleiters Hanke in Breslau; wie er mit der schnalzenden Eloquenz des Wahnsinns die Staatsjugend aufrief: Schnee in die Flüsse und Bäche zu schaufeln, daß sie aufschwellen und die Feinde festhalten (wörtlich! So habe ich es selbst am 8. 2. 45 im Schaufenster des Kaufmanns Schneider, Am Graben, in Greiffenberg, gelesen!) Schuppig wogendes Geström, wurmhaft empört; schön. Wie er von den abgelebten Alten forderte, sich nachts mit Bränden in die vom Feind besetzten Ortschaften zu schleichen, Flammen schleudernd, mit der hohnvollen Logik; sterben müßt ihr doch bald, also gebt den Rest eurer Tage dem Führer! – Ich bin fest überzeugt, daß sie aus johlendem Irrwitz und kreischender Vernichtungsgier (und die Lust des Herostratos nicht vergessen!) Deutschland bis zur letzten Hundehütte in Lohe und Trümmern aufgehen lassen. Wie gesagt: Wiedertäuferallüren. Ein andres Kostüm, ein größerer Schauplatz. Und der Alte soll seine Antwort haben. Ich röhrte meine Stimme frei; ich sagte barsch: „Sie wissen aus Ihrem Schopenhauer, daß die Welt Wille und Vorstellung ist; er hält bei dieser Erkenntnis inne, tut den letzten Schritt nicht; aber am Ende wird dies beides in einem Wesen furchtbarer Macht und Intelligenz vereinigt sein.“ Der Pfarrer hob lächelnd und heilig-erfreut den Kopf: „Gott“, sagte er nickend und beruhigt, „Sie kommen nicht um seine Tatsache herum –.“ Ich wandte nicht einmal die Augen; ich sprach: „Der Dämon. Er ist bald er selbst; bald west er in universaler Zerteilung. Zur Zeit existiert er nicht mehr als Individuum, sondern als Universum. Hat aber in allem den Befehl zur Rückkehr hinterlassen; Gravitation ist der Beweis hierfür im Körperlichen. (Die 80 Kugelsternhaufen weit über der galaktischen Ebene, sind sie nicht Vor- und Beispiel? Vielleicht mögen sie allmählich in die größeren Sternwolken aufgenommen werden, aber als Ganzes; denn ihre Kontraktion dürfte weit schneller erfolgen); im Geistigen deuten auf solchen Zwang: die Tatsachen des Gattungsbewußtseins (allen gemeinsame Flugträume usw.; die beweisbar gleiche Raum- und

Zeitvorstellung aller Lebewesen: gemeinsamer Ursprung) die Unfreiheit des Willens im Handeln (weiser Schopenhauer! Mit allen Konsequenzen: Möglichkeit der Zukunftseinsicht, etwa durch Träume — J. W. Dunne, — Magie), im Tode Auflösung des Einzelwesens. (Wir wünschen unsere Perpetuierung als Individuen, und diese Wahlparole haben die Religionen — Christen, Mohammedaner — deshalb haben sie Anhänger; eine Lehre — wieder Schopenhauer — die das Vergehen des Individuums im „Allwillen" wahrscheinlich macht, kann nie populär oder geliebt werden, auch nicht von dem, der sie für wahr erkennt; sie hat immer vom Medusischen). Die Akkumulierung der Intelligenz zu immer größeren Portionen — siehe Palaeontologie — spricht für diese Rekonstituierung des Dämons auch in geistiger Hinsicht (Möglichkeit „übermenschlicher" Existenzen: Zauberer, Elementargeister — oh, Hoffmann — wieder die 80 Kugelsternhaufen).
Um das Wesen des besagten Dämons zu beurteilen, müssen wir uns außer uns und in uns umsehen. Wir selbst sind ja ein Teil von ihm: was muß also Er erst für ein Satan sein?! Und die Welt gar schön und wohleingerichtet finden, kann wohl nur der Herr von Leibniz („von" und siehe hierzu Klopstocks Anmerkungen in der Gelehrtenrepublik), der nicht genug bewundern mag, daß die Erdachse so weise schief steht, oder Matthias Claudius, der den ganzen Tag vor christlicher Freude sich wälzen und schreien wollte, und andere geistige Schwyzer. Diese Welt ist etwas, das besser nicht wäre; wer anders sagt, der lügt! Denken Sie an die Weltmechanismen: Fressen und Geilheit. Wuchern und Ersticken. Zuweilen ein reines Formgefühl: Kristalle, die Radiolarientafeln Haek-

kels (Boelsche meinte nachdenklich, es müsse da noch ein bisher unerkanntes Formprinzip in der Natur liegen, hoho); an sich liegt hier nur das technische Problem des Schwebens im Salzwasser vor, für welches sich die beste Näherung wohl rasch durch Selektion gefunden hätte. Andererseits: Molche, Schlangen, Spinnen, Fledermäuse, Tiefseefische, Lachs- und Aalwanderungen. Auch Cesare Borgia hatte viel Kunstverständnis. Gewiß ist unsere Einsicht räumlich und zeitlich begrenzt. Dennoch bleibt der Leviathan, der seine Bosheit bald konzentriert, bald in größter Mannigfaltigkeit und Verteilung genießen will. –
Nichts berechtigt uns nebenbei, anzunehmen, daß unser Leviathan einzig in seiner Art sei. Es mag viele Wesen seiner Größenordnung und unter ihnen auch gute, weiße, englische, geben. Wir sind allerdings leider an einen Teufel geraten. Si monumentum quaeris, circumspice (steht auf Sir Christopher's Grab)."
Dämmerung, Dämmerung
Der Schnee stürzt lautlos vorbei; am Türspalt; Milliarden kristallener Wesen, luftgeboren, wassergestorben. (Was für Flocken mag Eisen bilden, wenn es aus der Sonnenatmosphäre auf den rasenden Glutleib niederklatscht: drachig, stachelstarr. – Oder Gold –). – Vorn von der Lok kam rauh (aber klein) der Heizerruf: „Aufpassen! Geht los!" Dampf schoß stoßweise auf; es ruckte und klapperte. Ein winziges Stückchen. Eine Hemmung. Und dann brach hinter uns ein höllisches Splittern und Bersten auf. Wieder ein Meterchen. Wieder riß es und bellte wie platzendes Holz. Ich sprang auf, zur Tür, und schwang mich durch den Spalt, fing Anne hinter mir (ein kühnes Pelzmädchen), da kam

auch schon der Lokführer, und wir sahen, fluchend, daß die Ketten gerissen (zerschossen?) waren, und der Schwellenreißer — well: tadellos arbeitete. — Wir krümmten uns zwischen die Puffer, riefen die anderen und versuchten noch einmal, mit schwingenden Armen, beugend, hebelnd, den Wagen abzukuppeln.
Noch einmal. Aber es blieb umsonst; Rost war in Rost gefressen; wir zerrissen uns die unbewehrten Hände. Und Eile tat not; wir mußten die paar Minuten der Dampfspannung ausnützen. So klommen wir stumm und naß in die rollende Bude, und (pfiff der verrückte Hund nicht wieder!) ab ging's. Fahrt ins Graue mit obligatem Schwellenreißer. Heil Hitler. Der Postmeister wurde auf einmal fassungslos wild; er ballte eine Faust gegen die hoffnungsvollen Jünglinge und schrie (lauter als der Satanstakt hinter uns): „Schämt Ihr Euch nicht, diese verfluchte Uniform zu tragen?! Hört Ihr das denn nicht?! Oh, die Lumpen, die Lumpen!!" Auf stand Deutschlands Zukunft; sie fragten erstaunt und giftig: „Wieso denn? Das ist doch prima! Da kann der Russe wenigstens nicht nachstoßen!" — Der eine, ältere, sagte ruhig und drohend: „Sehen Sie sich nur vor. Es sind noch viel zu wenig im KZ". Und der andere (kindlich und eifrig — war es nicht nur eine Art modernen Spiels? Man brauchte doch nur ein heiteres Knöpfchen zu drükken —): „Schieß doch den verdammten Verräter über den Haufen!" Draußen wuchs das häßliche Lärmen an einsamen Häusern in unmäßige Tollheit. Eine Pappelreihe kreuzte unseren Weg. Sterne. Der Schnee war aus der Luft verschwunden. Rollen, Splittern. Rolle, Rolle — ho: langsamer. Es zerwürgte gemach noch eine Schwelle. Zögernd, genießend: noch eine. — Noch —

eine — — noch. Wir standen. Ich riß die Pistole heraus; ich war ganz wütend und kalt; ich herrschte in die plötzlich summende Stille: „Wer noch einmal von Erschießen spricht, hat eine Kugel im Bauch! Haben wir noch nicht genug Elend im Wagen —?“ Gleichzeitig fühlte ich Hunger und Durst (bisher konnte ich's noch leidlich wegdenken); ich knuffte die Tür auf und hüpfte hinab: Donnerwetter: knietief! Es hatte viel geschneit. Und Moys; dicht hinter dem kleinen Stationsgebäude. Drüben zweigte die Strecke nach Kohlfurt, Penzig ab. Ich aß schaudernd zwei Hände Schnee. Und kalt war es geworden. Oben aus dem dunklen Viereck fragte eine ruhige, etwas brüchige Stimme: „Nun? Was ist? —“ Du Doppelstern. Ich erwiderte: „Vor uns liegt schweres Feuer —.“ „Uns —“, wiederholte sie raffiniert träge und sprang mir in die Arme, ohne die Hände aus den Taschen zu nehmen. Ich lachte laut auf; warf den Kopf zurück: „Ja. Uns!“ sagte ich ingrimmig und belustigt — da rief der Heizer. —

19,30

Aus einer fernen Hügelkette stiegen lautlos die roten Perlenschnüre der Vierlingsflak. Die Kälte wurde immer strenger; trotzdem hat es noch einmal heftig geschneit, aber ganz fein und hart.

Nacht im Wagen

Die Bauern sind verzweifelnd davon gestampft. Der harte Schnee hat den Magen fast betäubt; es war ja auch Irrsinn. Der Alte scheint schwer zu leiden; er hat wohl in seinem ganzen Leben solche Strapazen nicht durchgemacht; einer der Soldaten hat ihm einen Mund voll Schnaps gegeben — dann haben sie und das Weib den Rest der Flasche ausgesoffen; sitzen und zoten. Die lernbegierige Jugend feixt beifällig durch die Nase zu den rüden Eindeutigkeiten. Vorhin, als der Pfarrer mit der unbeirrbaren Selbstgefälligkeit der Frommen wieder laut und beispielhaft vorbeten wollte, wurde er endlich angefahren: der Soldat mit der Stirnbinde gröhlte drohend hinüber: „Hör' bloß auf mit dem Mist —", und auch der Alte hob den Kopf von der Brust; er sagte scharf: „Sie können ja für sich beten, so viel Sie wollen, aber verschonen Sie uns damit — aufdringlich —", murmelte er angewidert. Als der Schamlose dennoch — wenn auch etwas leiser — weiter Bitten und Versprechungen an seine fanatischen Gottheiten richtete, (siehe Libanius, Schutzrede für die Tempel. — Zur endgültigen Klarstellung: das wahrhaft schöne, obwohl nicht originelle „Liebet Euch untereinander!" als lebendig wirksame Praxis, hat stets selbstverständliche Billigung und Förderung aller Redlichen erfahren und wird es immer. Nie aber die wertlosen erkenntnistheoretischen Ambitionen der Christenfibel; nie der völlig willkürlich aufgebaute Machtapparat der Kirche und dessen beispiellos fürchterlicher jahrhundertelanger geistiger Terror. Denn erfunden ist ja nicht von Stalin oder Hitler oder im Burenkriege das Konzentrationslager, sondern im Schoße der heiligen Inquisition; und die erste abendländisch exakte Schilderung eines wohleingerichteten K.Z. verdanken wir ja der allerchristlichst pervertierten Phantasie Dantes — bitte, es fehlt nichts: die Jauchegruben, die Eiswasserfolter, der ewige Laufschritt der klatschend Geprügelten; für Zweifler sind Feuersärge bereit und unnötig Wißbegierige — Odysseus — werden majestätisch zerblitzt: — denn „das sind eben doch am Ende die eigentlich kräftigen Argumente der Herren Theologen; und seitdem ihnen diese benommen sind, gehen die Sachen arg rückwärts"! Verlange doch der jetzt nicht Toleranz, der sie 1500 Jahre, als er „an der Macht" war, nicht geübt hat! Écrasez l'infâme!) verwickelte er mich in ein Gespräch über die historischen Quellen, aus denen ich etwa einiges meiner Ansichten geschöpft habe. Ich raffte mühsam zusammen, was dergleichen noch in den Ruinen meines Wissens herumlag (Bilder Piranesis fielen mir ein: römische Ruinen in hellen und windigen Abendlichtern. Schlankgliedrige Bäumchen. Spitzhütiger Bauer treibt starkgebärdig ein Eselchen mit glatten Weinschläuchen. Kühle und Heiterkeit, Abendgold, aurum potabile. Die Natur — d. h. der Leviathan — weist uns nichts Vollkommenes; sie bedarf immer der Korrektur durch gute Geister. — Vergl. Poe's Definition vom Wesen der Poesie. Leider sind sie in der verschwindenden Minderzahl.) Ich nannte aus erstarrender Müdigkeit — oh, die Kälte, die Kälte — das Wort Emanation; dazu: Gnostiker und Kabbalisten (verfinsterter Gott; Welt = modificatio essentiae divinae = Deus expansus et manifestatus. Lehre vom mundo contracto et expanso; Oken's rotierender Gott), Pseudo-Dionysius, Scotus Erigena, Almericus, David de Dinanto. Pause: die trunkenen Soldaten schlugen aus; keuchten, warfen sich bellend über die Nutte. — Ich sprach schamvoll lauter (daß Anne nichts hören möge — ach, sie hörte es ja doch!), ich nannte den verehrungswürdigen Namen Giordano Bruno (spatio extramundano), Spinoza, Goethe, Schelling, Poe Trismegistos (Heureka), die neuen Mathematiker und Astronomen, bis der Alte erstaunt und kränklich erfreut aus weißdornigem Munde lachte (es war ihm scheinbar wohler, so viel Autoritäten mit sich zu wissen. Von der

Geborgenheit.) Meinetwegen auch Nietzsches Physikalischer Witz von der ewigen Wiederkunft: was das manchmal für ein flacher Kopf war! (Daß sein Macht-Leviathan begrenzt und „also" – ist das nicht eine exakte Begründung, so gut wie eine im Aristoteles?! – selbst sterblich sein müßte, hat er wohl gar nicht gedacht). – Die Religionen mit ihren „Schöpfungen" und „menschgewordenen Göttern" (obwohl sie alle dann den Fehler begehen, ihren Gott trotzdem unverändert weiterbestehen zu lassen). Ehrwürdiger Buddhismus (für wen K. E. Neumann zu langstielig ist, mag's mit dem Pilger Kamanita versuchen); die Polytheismen der Alten (die wußten noch, daß der große Pan sterben konnte!), die „zerteilten Götter"; Orpheus, Thammuz, Linos, Adonai. Elementargeister. – Schweigen. Weinen aus der Pfarrersecke; HJ krächzt ein „Kampflied" (oben gebärden sie sich heldisch-rein, aber die Fundamente stehen im Blutsumpf von 20 Millionen teuflisch Geschlachteten. Ich habe diesen Monat in Pirna ein KZ auf dem Marsch gesehen: Judenfrauen und ihre Kinder, alle fürchterlich abgezehrt, mit unirdisch großen dunklen Augen, daneben fluchende rotbackige berittene SS-Henker, in schweren graugrünen Mänteln, wehe!) – Der Alte warf sich vor; er fragte schrill: „Wie? Auch der Leviathan stirbt?! –" Ich hörte aber nichts mehr. Ich erstarrte in Kälte und Schlaf.

(Einmal ganz fern schweres erdbebengleiches Rollen. Lange. Wie ein Riesenluftangriff. Dresden? Gott spaziert auf Bombenteppichen.)

Gegen Mitternacht erschien ein Stück Mond im Himmel

Ihr Gesicht wurde gleich hellgrau und starr. – Der Schnee kreischte im Takt heran; es schlug an die Tür;

der Heizer. „Kommt raus! Schaufeln!“ Ich streckte mich steifbeinig hoch, schob ihr Halme hinüber und sprang durch die Tür in die nahe Silberfläche: da wimmern sie alle in der eisigen Nacht. Die Schienen blinkten manchmal blau; Reif hing an den Weichenhebeln. Wir hieben und schaufelten an den Rädern herum, gafften erschöpft in perlmutternes Gewölk, in eckigen Blockbuchstaben stand's im Schatten am Stellwerkturm.
Der Frost, der Frost. Wir bohrten mit marmornen Händen am strahligen Eisen. Beißendes Schneepulver schwebte um Nase und Mund. Ich würde Sie aus silbernen Lidern ansehen. Der Alte stürzte mir an die Schulter; ich zog uns in den Wagen.
Spät. Spät
Der Mond grellt im Pappelgang. Stimmen berieten unten. Ich hielt lautlos die Gesichtsscheibe an den Spalt. Die Jungen stützten sich auf die Panzerfäuste, einer sagte: „Wenn wir beide zugleich losdrücken, geht der ganze Karren mitsamt den Verrätern und Pazifisten hoch –“ (Pazifisten, das ist ihnen das größte Schimpfwort, das Volk aber schreit „Heil!“ dazu.) Ich zog rasch die Pistole, entsicherte, und legte am Türrahmen an. Der andere sann; dann meinte er (Oh, des Bedachtsamen, Einsichtigen: nein, welche Reife!) „Es sind aber noch die beiden Soldaten drin, der eine, Verwundete.“ Pause. „Aber einen Schreck einjagen müssen wir den alten Säcken“, entschied der Erste, „Du: wir schießen zwei davon gegen den Bahnhof ab! Mensch, die machen sich ein!“ Schon prustete jener nickend und erheitert. Sie nahmen Dekkung; sie hoben die Röhren, knipsten. Krach und Schlag kam ungeheuer. Sie schulterten prahlend ihr Gerät und schritten breitstakig von dannen. Die Sieger. (Ein Stein

der einstürzenden Front hat Wagenplanken eingedrückt. In dem engen Raum ist man halb taub).

6,18

Alles aus. –

Wir fuhren an, nur ein paar hundert Meter, waren sogleich auf dem Viadukt. Es hallte. Nur gut, daß es so langsam ging. Hoch über dem Fluß. Da riß es auf einmal den Waggon vorwärts. Stand wieder. Die Vorderwand platzte. Es ging alles so schnell. Wir hasteten vorsichtig hinaus: da fehlte die Brückenwölbung vor uns; die Lok hing schräg über dem Abgrund (und hinter uns hat der Schwellenreißer gefressen!!), Feuer brach aus dem geborstenen Kessel, und sofort begannen Granaten in der Luft zu singen (schönes Ziel, was?!). Sie tasteten sich (schreiend in der jaulenden Finsternis) auf der geländerlosen Riesin nach hinten. (Einer mochte stürzen; denn Geheul flog blitzschnell nach unten.) Da: ein zakkiger Feuerturm stand brüllend am anderen Ende. Wir (Anne und ich. Wir.) krochen stumpf (mit jagenden Herzen) in den Wagen. Die Eisendämonen schrien und jauchzten um uns, über uns, unter uns. Noch oft krachten die Einschläge hinten, und einmal schütterte es, als breche ein Berg zusammen (und Brausen von gurgelnden Wassern).

07,00

Eisiger Nebel wallt auf, schluchthoch. (Hel, die Wasserhölle.) Es hellt noch nicht.

07,10

War draußen, stolpernd. Gestützt auf Steinblöcke im Eisrauch. Acht Kleinschritte hinter dem Reißer gähnte still der Nebelpfuhl. Ich hob zwei Kiesel von der Beschotterung und warf den einen über'n Rand: es schluckte nicht einmal, blieb alles still und blicklos. Ich schwang den andern in steinerner Faust; mattsausend entfernte er sich nach dem anderen Ufer. Horchen. Nichts. Ich nickte sinnlos und geheimnisvoll. Gut, gut. Ich wandelte zurück; ich klomm ins Wagenwrack; ich sagte zu Anne: „Auch hinten eingestürzt. Wir sind allein; mitten und hoch über'm Fluß." Sie blies unwillig durch die Nase; sie wies mit dem Fuß voraus: „Er stirbt —" sagte sie stirnfurchend. Ich trat breitbeinig durch's erste Grau; der Alte saß steif aufgerichtet an der Bohlenwand und atmete rasselnd; ich sah mich um: niemand mehr sonst im Waggon. Ich zog die rechte Hand aus der Tasche und packte sie ihm auf die dünne Schulter; die Augen gingen auf: sie waren noch klar. Er sah mich fest an; der graue Mund spaltete sich angestrengt ein wenig, die Brauen rangen: „Der Leviathan —" heiserte er, zwang (amüsiert sich höhnend) eine Mundecke hoch: „— nicht ewig —?" Anne war neben mich getreten; mein Mantel spürte ihren Pelzärmel. Ich fühlte mich hager und ausgehöhlt, jahrhundertealt (wie Harry Haller), ich antwortete dem Tapferen: „Seine Macht ist riesig, aber begrenzt. Daher auch seine Lebensdauer." Ich wartete; seine Augen schlossen sich einmal mühsam und dankbar: er hatte verstanden. Ich sprach rasch: „Buddha. Lehrt eine Methodik des Entkommens. Schopenhauer: Verneinung des Willens. Beide behaupten also die Möglichkeit, den Individualwillen gegen den ungeheuren Gesamtwillen des Leviathan zu setzen, was aber in Anbetracht der Größendifferenzen zur Zeit völlig unmöglich erscheint, zumindest auf der „Menschenstufe" der geistigen Wesen. Vielleicht löst sich die Bestie aber in „Diadochen" auf (christliche Andeutung in Luzifers Rebellion; umgekehrt will Jane Leade mit vielen Guten in einer magischen Kraft zusammen wirken und so die Natur paradiesisch erneuern – ist ein Ziel: Aufstand der Guten), und diese wiederum in immer kleinere Einheiten, bis endlich „Buddhismus“ möglich wird und so das ganze Gebilde zur Aufhebung kommt. – Vielleicht sind noch andere Wege –“. Er sah mich zuerst gequält an, arbeitete; die Augen wurden eulig, rauchig, ah: ein Funke. Er flüsterte: „Gut.“ – Der hohe Kopf knickte ab, nach vorn; ganz beruhigt, lang, hörten wir: „Gut . . .“ – Da richtete ich mich auf.

08,20

Wir erröten im Licht. Oh, greasy Joan.

Ende

Wir werden in die grobrote bereifte Tür treten. Goldig geschleiert wird die Teufels-Winter-Sonne lauern, weißrosa und ballkalt. Sie wird das Kinn vorschieben und bengelhaft den Mund spitzen, die Hüften zum Schwung heben. Starr werde ich den Arm um sie legen.

Da schlenkere ich das Heft voran: flieg. Fetzen.

SCHWARZE SPIEGEL

I

(1.5.1960)

Lichter? (ich hob mich auf den Pedalen) — : — Nirgends. (Also wie immer seit den fünf Jahren).

Aber: der lakonische Mond längs der zerbröckelten Straße (von den Rändern her haben Gras und Quekken die Teerdecke aufgebrochen, so daß nur in der Mitte noch zwei Meter Fahrbahn bleiben: das genügt ja für mich!)

Weiter treten: starrt die spitze Silberlarve aus m Wacholder — also weiter —

Des Menschen Leben: das heißt vierzig Jahre Haken schlagen. Und wenn es hoch kommt (oft kommt es einem hoch!!) sind es fünfundvierzig; und wenn es köstlich gewesen ist, dann war nur fünfzehn Jahre Krieg und bloß dreimal Inflation.

Rücktritt: (und es quietschte beim Halten; morgen muß ich mal Alles durchölen). Ich richtete den Karabinermund vorsichtshalber gegen das schmierige Wrack: die Fenster dick verstaubt; erst als ich mit dem Kolben darauf schlug, ging die Wagentür ein wenig auf. Hinten leer; eine Skelettdame am Steuerrad (also wie immer seit den fünf Jahren!); nun: wünsche Glückseligkeiten! Aber es wurde auch gleich dunkel, und ich traute dem Kreatorium immer noch nicht: ob Farnhinterhalt, ob Vogelspötterei: ich war bereit mit zehn Schuß im Vollautomatischen: also weiter trampeln.

Senkrecht überm Straßenkreuz: auf der kleinen hübschen Abendfläche erhoben sich einmal zärtliche Staubschleier, in denen Herr Windstoß Pirouetten schlug: und wo lang nun?! Drüben war eine Schilderei; ich latschte müde hin «Holzindustrie Cordingen» stands über höllisch hellgelb und schwarz geringelten Pfählen. Daneben am verwobenen Rain eine Spitzsäule. Ich rätselte ein bißchen an der eingegrabenen Legende: ach so: ein T.P.! Und ich lachte schwächlich: mir hat mal ein Schupooffizier erzählt, und treuherzig dazu, daß die Polizei alle halben Jahre auch sämtliche trigonometrischen Punkte kontrollieren müßte, ob sie noch vorhanden seien. Und da der eine viertels in einem Fußweg stand, hätte er, zusammen mit den interessierten Bauern, das Ding anderthalb Meter nach rechts in' Wald gesetzt, wo er Niemanden mehr störte, und dann jahrelang still weiter das «Vorhandensein» gemeldet! Seit der Zeit mißtraue ich den säkularen Ergebnissen der Geodäten, betreffend die weitere Auffaltung des Alpenmassivs, oder die Hebung Norddeutschlands: cherchez les constables! – Ja aber nach rechts oder links?

Also: capita aut navim. Der Penny fiel, und Edward the Seventh, fidei defensor, und auch sonst noch mancherlei, wies mich nach rechts: Bon! (Und mein kleiner zweirädriger Anhänger klapperte und huppte).

Ein Bahnübergang (die Schranken seidank hoch) und immer mehr Gefälle. Eine Tommy-Brücke (halb verfault; noch vom zweiten Weltkrieg her) über den geschlängelten stillen Wasserlauf (schöner Teich zur Rechten, mit letztem Abendgelb getäfelt); dann bog die Straße links ein, und ich glitt mit müder Eleganz, à la Herr der Welt, in die Kurve: si quis, tota die currens, pervenit ad vesperam: satis est.

Ich nahm die Brechstange hinten heraus, und die Pistole: «SUHM» stand an der Tür, und daneben eine Toto-Reklame. Ich hieb die schwere Meißelspitze ins Holz, oben; dann unten; das Schloß sprang mit Gebell, flash and report.

Wie immer: die leeren Schalen der Häuser. Atombomben und Bakterien hatten ganze Arbeit geleistet. Meine Finger preßten mechanisch, unaufhörlich, an der Dynamotaschenlampe. In einer Kammer ein Toter: sein Gestank hatte Zwölfmännerstärke: also wenigstens im Tode Siegfried (nebenbei selten, daß es noch roch; war ja alles schon zu lange her). Im ersten Stock lagen fast ein Dutzend Gerippe, Männer und Frauen (an den Beckenknochen kann mans unterscheiden). Also sechs Männer (bzw. Knaben); fünf Frauen und Mädchen.

Draußen: Früher wars wohl adrett genug gewesen; jetzt schlotterte der Garten ums hohle Haus. Schöne starke Kiefern aber. Graue Mauer, von der graue Kräuter nickten, auch Lupinen und Wegerich. Aus grauen Mauern machte man Häuser; aus Häusern Städte, aus Städten Kontinente: wer fand sich da noch durch! Bloß gut, daß Alles zu Ende war; und ich spuckte aus: Ende! Koppelte den Anhänger los und zerrte ihn mir nach über die Schwellen (gleich rechts rein; wozu Umstände).

Es raschelte im Nebenzimmer: ein Fuchs! Der rothaarige Hausvogt glitt keß um alle Möbel, hinaus, in die einäugige Nacht. Ich rollte die Decken auf; holte Wasser vom Bach; die Kerze blakte überm Küchentisch, als ich auf der Karte suchte. (Auch der Ofen zog noch, und der zerhackte Stuhl sott das trübe Wasser bis es stöhnte; wo war der Tee wieder – ach so). Warnau hieß das Bächel stellte ich zwischen Biskuits und Cornedbeef fest (Käse möchte ich wieder mal essen: Kräuterkäse; Schweizer, Edamer: ach meinetwegen stinkigen Limburger!)

Nebenan im Fuchsheim: Fotos an den Wänden; Familienbilder mit hausmachernem Lächeln. (Und spekkig bin ich: wenn ich n Bindfaden dreimal auf dem Oberschenkel hin- und herrolle, hab ich garantiert ne Kerze in der Hand. – Also morgen große Pause und Waschen!)

Ein Klavier: ich klaubte eine Handvoll Mißtöne zusammen und acherontisches Geschwirre, no use. Orpheus benötigte ich dringend: der hätte mir Holz und Kohle herleiern können. Oder ne Badewanne. Ich fluchte kurz und ging nochmal nach oben.

Manche hatten tatsächlich noch Ausweise auf den beinernen Brüsten: für wen wohl? Und von verschollenen Autoritäten ausgefertigt, selbst wenn sie echt waren. Einem Mädchen sah ich lange ins Paßfoto, unters wellige Haar, auf die Bluse: und jetzt lagen ein paar gebogene Knochen neben mir, auch die Haare noch, ja, dunkelblonde; am Ende werde ich allein mit dem Leviathan sein (oder gar er selbst). Es bellte leise ums Haus; die Füchslein mochten wohl draußen schleichen, und ich tastete doch nach dem Handbeil (kurz vor Mainz, in Gaubickelheim, war ich einmal sechs Wölfen begegnet!)

Decken aufgerollt und in die ewigen Jagdgründe der Phantasie: den fliegenden Holländer und Odysseus müßte man in einer Geschichte identifizieren. Wind begann und die großen Kiefern redeten tief und brausig. Es bleibt immer nachdenklich genug, daß die Menschheit tatsächlich alle drei Geometrien für ihr Weltbild verwendet hat: zu Homers Zeiten die euklidische (Ökumene als Ebene); dann Kosmas, dessen Terrarium eigentlich ein Stück Pseudosphäre repräsentiert, mit dem «Berg des Nordens» als Pol, und die auch jahrhundertelang gegolten hat; und endlich die Geoidoberfläche; interessant. Der Mond erschien traurig und glänzend im Fenstervier. Seit fünf Jahren hatte ich keinen Menschen mehr gesehen, und war nicht böse darüber; das heißt. Lesen konnte man bei der mattgelben Helle auch nicht; ich holte ein Buch aus dem Köfferchen: nein, nur den Titel «Satanstoe»; ich schüttelte bedauernd die Hände (war zu faul, das Licht nochmals anzuzünden). Am besten schlafen. – Die Uhr? Tickte auf dem Fensterbrett. Nicht mehr denken. Auch der Fuchs mochte schlafen wollen, denn es wisperte hinter den Wänden wie Tierlein und Wildstroh. War gesichert.

Nacht (und ovaler Stein in ebenhölzerner Fassung): und ich konnte und konnte nicht einschlafen! Fluchte einfältig. Zuerst wollte ich nicht, aber dann trank ich doch (etwas); Energie ist Glückssache; und zeigte mich sogleich, stets ein Windbeutel hohen Ranges, fähig und unverdrossen zu jeder Absurdität. Runig behing ich mich mit zwei Waffen und

mischte mich in die Nacht: haderte mit Zweigen, ahmte Menschenstimmen nach, wurde Moosen gut; den Wind mochte ich aus einem Gebüsch aufgestört haben, denn er sprudelte unwillig Blättriges, jagte ein paarmal im Umkreise, und verscholl erst dann rauschend forstein. Selbst die kleinsten Kiefern stachen schon katzenwild um sich, wenn man sie zu plump anfaßte (muß mich auch rasieren, morgen früh). Einmal stank es derart, daß ich sofort das Gewehr herunter nahm: das konnte keine anständige Pflanze mehr sein, so roch es nur in der Zoologie! Aber ich ging doch nicht näher drauf zu, sondern eulte weiter im Hochwald; schon wurden die Stämme seltener, Sträucher gitterten am Rand. Ich trat gebückt über den Graben, und sah aufs leere Moor, wilde Weite, süß und eintönig, in der schwarzen Strahlung, bis ich die Schultern in der Jacke rieb. Das ist das Schönste im Leben: Nachttief und Mond, Waldsäume, ein stillglänzendes Gewässer fern in bescheidener Wieseneinsamkeit — so hockte ich lange und müßig mit rechtsgeneigtem Kopf; manchmal fiel ein Sternfunken stundenweit hinter Stellichte; manchmal beschlich mich eine schlacksige Windin und zerwarf mir die Haare, wie ne halbwüchsige fleglige Geliebte; sogar als ich einmal in die Büsche mußte, kam sie noch nach.

Das himmlische Barbierbecken hing schon an einem Kiefernarm, als ich darunter hinbummelte. War hohe Zeit, «nach Hause» zu latschen, denn im Osten gaste es bereits grau und striemig; und die Sträucher standen hohläugig krumm und überwacht, auch unpassend, umeinander (und mich) herum. Der Morgen widerte mir entgegen; denn

eine Morgensonne so vollschlank und schwiegermütterlich rüstig im nett gruppierten Käte-Kruse-Gewölk erschien, daß ich wütend einen Stein übern Bahndamm danach schmiß: weißgott, wie frisch gestärkt sah das Gelumpe aus! – Dann in die Decken (wobei Fuchsens wieder erwachten, und sich über den neuen unruhigen Mieter beschwerten). – Herakles: antiker Mistkutscher (und nach der Leistung konnte ich endlich einschlafen).

Der Himmel rauschte unablässig über mich; meine Haare bebten, als ich mich am Fenster rasierte. Sogar frische Wäsche hatte ich in einem Schrank gefunden; das Rad war durchgesehen; und mit ein paar kecken Scherenschnitten hatte ich mir auch das Hinterhaar gelichtet: sind wir nicht Knaben hübsch und fein?! Also war ich reif für einen Dorfbummel, mit Feuerrohr und Axt. (Dann nahm ich doch noch vorsichtshalber das Doppelglas mit).

Siedlungshäuser, recht geschmackvoll gebaut und angeordnet; auch viele Kiefern hatte man stehen lassen, so daß ich beifällig den Mund spitzen mußte (und links unten warbelte immer das Flüßchen entgegen, bis es sich durch einen kleinen Wiesengrund entfernte, unter einer Eisenbahnbrücke hindurch, sehr nett!). Oben wurde's kahler, die Mauern nackter; ein winziger Schaukasten zeigte zwei Radioapparate vor; dann bog die Straße schon wieder nach rechts, und ich blieb verdrossen auf dem freien Plätzchen stehen: es ist ja immer derselbe Quark!

Ein Baräckchen: «Gemischtwarenhandlung». Da ging ich hinein (vielleicht war doch noch etwas eßbar); aber in dem armseligen Räumchen ruhte auch nur noch Staub auf giftgelben Bonbons, Kaffee war längst verduftet, die Konservenbüchsen aufgetrieben und zerplatzt (drei mit Rindfleisch steckte ich ein; nachher mal probieren). Mit dem Fuß wühlte ich unterm Ladentisch:

aha: Flaschen! Essig, Essig, Öl (das kann ich ja mitnehmen!), Essig, Essig (was haben die bloß mit dem ewigen Essig gemacht?!); endlich eine Buddel Münsterländer, 32 Prozent, und ich wiegte abschätzig den Kopf: na, rin in' Sack! (Mehl und Brot ist die Schwierigkeit! Aber das ist fast nicht zu machen!) So warf ich ein böses Gesicht um mich, ging ein Weglein nach unten und stand schon wieder bei meinem Rad (wie gut, daß die Bereifung Vollgummi war, sonst hätte ich längst zu Fuß gehen müssen). Na, ne kleine Rundfahrt tut den Beinen gut.

Ein Sportplatz: Das Gras ging mir bis zum Gürtel, und auch die 400-Meter-Bahn rundherum war fast ganz zugewachsen. Vorn am Eingang gilbte noch ein Papier im Kasten, Schreibmaschinenzettel vom Schriftführer Struve: Spielgemeinschaft Benefeld-Cordingen, die Aufstellung für nächsten Sonntag (den sie nicht mehr erlebt hatten!): Rosan, der linke Verteidiger, Mletzko und Lehnhardt die Außenstürmer, Nieber in der Mitte; ach, du lieber Leviathan, weiß und rot mochte ihr lustiger Dreß gewesen sein, oder gelb und schwarz; na, da raschle nur weiter. Drüben die Straße hinunter standen auch noch ein Dutzend Häuschen.

Beim Grammophonspielen: («singender klingender Melodienreigen» hätten sie bedenkenlos im Südwestfunk gesagt) und ich erschrak des Todes: Duke Ellington sein Gesicht!! (Dafür kann er ja vielleicht nischt; aber dann noch solch akustischen Abfall zu produzieren: dadurch wirds ein Makel).

„Kennen Sie den alten Scheich von Pakistan?“ — «Pakistan?» zweifelte tonlos ein flinker Chor,

„*Der sich all die vielen Frauen hält* —“ — «Frauen hält» — Ich spielte die Platte, gleich nochmal, so süß heulte es aus den Luftröhren der Nihilisten, und dann

„*Ich liebe Dich!!*“ betheuerte (mit «h») ein Männerchor so infernalisch dröhnend, daß es mir eiskalt über den Rücken lief; na, fünf Minuten noch.

„*Ich fürcht mich so / im Dunkälln — : nach Haàus zu gehn* ...“ Nun, es war Zeit, dem tapferen Blödsinn ein Ende zu machen; Mozart war mir zu schade dazu, so tats denn «Sousa, Washington Post»: „Sie hat ein Kind — sie hat ein kínd-lí-chés-Gé-müt“: „daradattá, daradattá: da-dá“: Mann inne Tünn, was kann man Alles in der meilleur des mondes possibles erleben, bzw. veranstalten! Ich versetzte dem Namensschild des Inhabers, freilich war es ein Zahnarzt, einen komplizierten Tritt, und verließ das Lokal, in dem es noch immer blechbläserisch wumpte: „sie hat ein' Floh — sie hat ein fló-rén-tí-nér-Hút: daradattá, daradattá ....“

So sott die wilde Maisonne, daß ich mich unten aufs Pflaster setzte, mitten auf den Asphalt, und die Füße streckte (Rad stand im Schatten, ja? — Warum eigentlich?) Aber ich war dann doch zu unruhig und raffte mich wieder hoch: ein Fahrrad zu führen ist wunderbar! Und diese leeren Orte noch schöner; auf der Kreuzung fuhr ich acht Kreise; als ich Rücktritt nahm, stand ich wie eine Mauer.

Illustrierte: die Pest unserer Zeit! Blödsinnige Bilder mit noch läppischerem Text: es gibt nichts Verächtlicheres als Journalisten, die ihren Beruf lieben (Rechtsanwälte natürlich noch!). Die «Gondel»: fast nackte Mädchen besahen still und unschuldig ihr Geschenkel, und da mußte ich doch schlucken, und einige Häuser zurückreiten.

Duliöh! so blieb ich vor dem Schild stehen und nickte hocherfreut: Mensch, 8 miles von hier war ein englisches Verpflegungslager gewesen, und ich sah auf dem Conti-Atlas nach. Wenn da noch Einiges vorhanden wäre, bedeutete das längeren Aufenthalt in dieser Gegend für mich, und ich sah mich mit erneutem Interesse um. Am besten schnell was essen und dann gleich los, ohne Anhänger. Aber dann sah ich das Postamt und ging da noch erst mal kurz revidieren.

Zack: das Handbeil oben in den Türspalt, dehnen und biegen, und schon zersprangen mittschiffs die Riegel: ein kleiner Vorraum. Gegenüber die Telefonzelle; ich schritt kalt hinein und raffte den Hörer zum Ohr: „Mnja?!«; Utys meldete sich; «tote» Leitung, also auflegen, sorgsam, auflegen.

Interieurs: Drei Schalter, braun umholzt; drei Pulte, eine Bank für die Kundschaft, maid in waiting. Mit einem Satz war ich auf dem Zahlbrett und hinüber, im Allerheiligsten. In Büchern blättern. Einschreiblisten, Geld war gezahlt, Stempel ragten von ihren dörrenden Kissen, Tinte trockte rot und schillergrün, nutzlos hingen die milchernen Lampenkugeln, albern, antiquiert wie ein Blinddarm. War auch die örtliche Telefonzentrale gewesen; mollige Mädchenhüften hatten über jenem staubstumpfen Polster geritten (also war das Muster scheußlich!! Blau mit gelben breiten Unblumen. Und der Geistersopran: Sprechen Sie noch?!)

Vielfaltiger Mappe entnahm ich wichtig eine Postkarte (um noch dem erloschenen Gesetz meine Verachtung zu bezeigen), die grüne 10-Pfennig-Marke war schon aufgedruckt: eigentlich könnte ich eine schreiben, und ich spreizte überlegende Finger, schon im Sitzen. (Falls wirklich außer mir noch ein Mensch am Leben war. Und zufällig hierher kam. Und die Karte sah . . .); und schon schrieb ich

An Herrn Klopstock («Gottlieb» oder so), Superintendent, Schulpforta bei Naumburg – und die Postleitzahl machte mir doch Skrupel: Naumburg: das war doch schon drüben in der ehemaligen deutschen deimokratischen Republik; na, machen wirn Fragezeichen in den Kreis, Ordnung muß sein.

„*Anbei den Messias zurück*". Und Unterschrift. (Genügt vollkommen für den Fall.)

Als ich sie in den Schlitz schob, fiel mir der Briefkasten darunter ein; sofort ging ich herum und öffnete die hölzerne Box mit einem Fußtritt als Schlüssel (war nur Sperrholz, 5 mm). Da lagen zirka 50 Briefe und Karten: weiß, fahl, graublau und grün, alle mit Namen, Zahlen, Daten, Liebste glaub an mich, und Lotterieanzeigen (einen Brieföffner brauchte ich nicht).

„*Vielen Dank* für Ihren lieben Brief. Und Ihr Mann muß immer noch auf Wache gehen. Nun, einmal muß es ja wieder besser werden . . ." (das «muß» unterstrichen; hier zwängte ich den Kopf ins Genick und feixte durch alle Öffnungen) . . . „. . . Lux hat sieben Junge gehabt . . ." («Lux»: eine große sandbraune Schäferhündin; wußte ich intuitiv, und nickte anerkennend; las aber nicht weiter, da sie die Kleinen doch bloß — — na ja).

„*Gestern ging ich* am Hause Deiner Eltern in der Brüderstraße vorbei, und habe, im Schatten der Kirche, lange ins Lampenlicht gestarrt, bis die Fenster neidisch und scheinheilig anliefen, wie Nachbarsaugen; die kranke bleiche Abendluft kam, kalt und süß, wie eine schlanke grauhaarige Geliebte, «zart und schwerfällig» fiel mir ein, und «Nebel», ach unser Leben." Ich runzelte strenge und bitter Brauen und Mund und sann ins gesplitterte Holz, stöhnte durch die Nüstern, nickte, lachte höhnisch, weiter: „... Morgen lasse ich «das hier» im Stich, und fahre zu Dir! Lange kann es ohnehin nicht mehr dauern, und wir wollen wenigstens noch eine Stunde zusammen .."

Ich faltete schamhaft den Bogen wieder, und grüßte mit Haupt und Hand den Kollegen Schattenreisenden: fahr nur zu Deiner Johanna! Hoffentlich hast Du sie noch erreicht, ehe die Wasserstoffbombe neben Eure Umarmungen schwebte, einmal lebt ich wie Götter und mehr bedarfs nicht (ist aber auch cosa rara, und das wiederum eine Oper von Martini).

Noch eine Postkarte: „Erbitte mir .... an Sie heran treten zu dürfen ...." Rhabarber, Rhabarber .... kurzum: der wollte die Schreibmaschine nicht bezahlen. Geld. Geld. Na, es wurde mir zuviel, und zwar bald. So stand ich denn auf und verließ lautlos pfeifend die Situation.

Kauen (zwei von den Büchsen waren noch gut!), und die halbe Feldflasche voll Tee genügt vollkommen; eine Stunde brauch ich höchstens bis hin. – Ob ich den Anhänger mitnehme? Der Rucksack genügt aber auch; nachher ist Alles leer, oder zerstört, oder verfault, oder? Ich kratzte mich, wütend vor Unentschlossenheit, am Kopf; ach Quatsch, bloß den Rucksack. Alles andere wird sich an Ort und Stelle ergeben; ist ja schließlich keine Entfernung.

Autores fideles und autores bravos (wie die Spanier bei den Indios unterscheiden) : mir fiels ein, als ich den Cooper aus dem Gesäck holte: wir sind beide bravos. (Ähnlich wie beim Schopenhauer und Buddha ohne Übergang aus einem Verbrecher ein Heiliger wird, hat mich das Leben aus einem Pedanten zum Vaganten gemacht; nicht ohne daß sichs manchmal noch wunderlich genug mischt. — Und «Satanstoe» ist gut: sogar witzig und kulturhistorisch plastisch; sehr fein!)

Immer den rotblauen Schildern nach (und die Landschaft scharf im Auge behalten): schön, die weiten wirren Wälder, und leeren Wiesen; ein lichtgrüner Buchentunnel zur Rechten (muß bis zur Rückkehr warten: aber schön ists!)

Verfluchter Mist!: schon wieder lag ein Telegraphenmast über der Straße und die Drähte wirrten sich durch den gelben Löwenzahn. (Wenn ich die Strecke wirklich öfter fahren sollte, muß ich das nächste Mal Säge und Axt mitnehmen: so ein Krampf! — Bloß gut noch, daß es kein stählerner Überlandmast war, sonst hätte ich das Gerümpel gar wegsprengen müssen!)

Sechs: verwilderte Pferde, wie? Oder! Ich schraubte blitzschnell am Mitteltrieb: Tatsache: Pferde! Sie gingen still am Waldrand und grasten, griffen mit breiten Lippen zu: ich war bloß 300 Meter weg. — Das ist selten! Einmal hab ich, bei Fulda, eine kleine Rinderherde gesehen, und, nach größter Mühe, ein Stück schießen können. — Also Wild hats auch hier!

Ein Nest: Walsrode (Zwei Straßen, Schilder, alberne Rechtsanwälte, albernere Richter, bloß gut, daß Alles ein Ende hat!)

Ein Beamter hätte überleben müssen; so Einer, der den

Notizzettel durchstreicht, ehe er ihn zerreißt und wegwirft: ach, ihr Lumpen! Ich warf gleich einen verdorrten Blumentopf durch die Fensterscheiben des Amtsgerichts, und wartete, die rifle auf der Patronentasche, auf das erste entrüstete Sekretärsgesicht — — schade! Ein Fuß auf dem heißen Bordstein; den andern auf der linken Pedale: Vielfältiges zog mir durch den wolkenschweren Sommersinn, nicht zu singen, in keinen Lais, nicht zu sagen, in keinem Satzgebände. Einmal neigte ich den Kopf, das Haupt, vor August Stramm: dem großen Dichter! (Auch Albert Ehrenstein, sagt was Ihr wollt!)

Kurz dahinter: Durchfallerscheinungen.

Die Straße war wunderbar und ich flitzte wie von der Bogensehne. Ein einsamer Bahnhof ohne Ort: DÜSHORN, und ich nickte anerkennend: ohne Ort! Das ist immer ausgezeichnet. Und gleich dahinter

die Wellblechhallen: (war rechts eingebogen; viele Gänge; kiesige Wege; die Vorlegeschlösser sprengte ein Schuß)

Die Wellblechhallen: Biskuitkanister: und ich schnitt gleich einen auf: Alles noch gut; und das schmeckte! — Wieviel mochten das sein: Fünftausend? Oder Zehn?! — Mein Schritt klopfte in den hohen Metallgewölben, gedämpft zwischen Regalen; aus Lattenkisten blinkten Büchsenköpfe; süße feste Marmelade grub ich mit dem Taschenmesser aus vergoldeten Zylindern: auch noch untadelig!

Bekleidung? Na, das ist nicht so wichtig (aber hübsch sah das linde Gelbgrün aus); höchstens ne Decke.

Ein Büro mit Schreibmaschinen: hm.

Ein kleiner Bau: Schnaps und Munition! Was war das

tertium comparationis?: Feuer? Aber die Patronen waren meist grün und feucht, obschon wohlgefettet. 80 Schuß schienen o. k.; die nahm ich mit.

In einem Faß der Hahn: und funktionierte gar! Mißtrauisch: soll ich kosten? (Besser nicht; die Gifte sind in Alles eingedrungen; eigentlich darf man nur Glasflaschen mit Stanniolköpfen trauen). Also goß ich den Becher seufzend auf den gerillten Zement. – Rauchen tu ich nicht mehr (seit 43); also nützen mir die zahllosen Packungen auch nichts, Craven A mit Korkmundstück: far väl!

Wind? (Ich sah vorsichtshalber einmal hinaus): blauer Wind rauschte endlos ums Haus in großen Fahnen; auch die einzelnen Wolken bewegten sich faltig und bauschig und unruhig. – Aber das Lager war tadellos: davon kann man jahrelang leben! – Ich schnallte einen Kekskanister auf den Gepäckträger und fuhr nachdenklich zurück, im Rucksack allerlei hors d'œuvre.

Unter der linden an der haide (eigentlich: im Buchentunnel zwischen Walsrode und Ebbingen): Der Leberkäse war gut; Sphärengeschmack; von dem hol ich mirn ganzen Anhänger voll: habt ock verfluchten Dank! «Ihr Hunde: mein Geld»; das sind alles schlesische Redensarten)

Und die zahllosen Granitklötzchen summten unter mir, linksherum, rechtsherum; nach sieben Minuten war ich keuchend wieder auf dem Asphaltband zwischen Ebbingen und Cordingen: beamtenhaft wiesen leinölfarbene Schilder in alle Richtungen der Rennbahn: oh, ihr Vernünftigen! Weit und grünlich die Spätnachmittagswiege, durchbäumt, Waldstücke überall, und der Wind war frisch und wies mich flötend zur Heimat wiesenein; und ich glitt, wiegend und über harten Stampfschenkeln, die wellige Teerbinde entlang: es lebe die Einsamkeit!

Unfertig (auf halbem Weg rechts hatten sie angefangen zu bauen). Ich ging zum Brunnenschacht und lehnte mich über die feuchte hallende Röhrung (stand das Rad noch da? – Ja).

In der modernen Ruine: das hatte wahrscheinlich die Küche werden sollen. Das: vielleicht ein Stall? Die Wohnräume gaben Aussicht auf die Wälder ums Ostermoor. Ging gegen Abend, und die Sonne bei Wolkenufern; doch blieb es warmundhelle, und leuchtete nur langsam ab; Gräser und Straßenraine, zerfallendes Licht: und weit drüben ein Häherpaar pendelnd über den Forsten.

Tiefe Traurigkeit: Ich strich mit der Hand über das mühsam Gemauerte; mein Mund bog sich nach unten, die Füße hafteten im Dielenlosen: das war nun das Ergebnis! Jahrtausendelang hatten sie sich gemüht: aber ohne Vernunft! Hätten sie wenigstens durch legalisierte Abtreibung und Präservative die Erdbevölkerung auf hundert Millionen stationär gehalten; dann wäre genügend Raum gewesen, abendlicher, wie jetzt über jenen lieblichen Gründen und dämmernden Fluren, Licht und Pflanzen schlossen den Hainbund. Aber alle «Staatsmänner», die Waschweiber, hatten dagegen geeifert, mit welchem Buchstaben ihr Name auch anfing – ach, es war doch gut, daß Alle weg waren: ich spuckte leberkäsig aus, so viel ich konnte, daß unten der Sauerampfer zitterte: nein!! Es war doch richtig so – Dann bummelte ein Rad die Straße hügelab (links die Apfelallee in eine Kolonie Hünzingen; rechts die Filiale von Trempenau) «nach Hause». (Ich fürcht mich nicht im Dunkeln nach Haus zu gehn). Und wer die flying fortress will, bekommt den blockbuster obendrein.

Malepartus (aber die Wirte schienen indigniert ausgezogen; na: ewig bleib ich nicht!) Ist denn kein Papier im Hause; ich erbrach die Schreibtischfächer, daß es knallte; eine lederne geprägte Mappe, ein Mensch ärger Dich nicht (wie zum Hohn), und ich wurde zusehends ungehalten; endlich ein Buch: Rilke, Geschichten vom lieben Gott, du kommst mir gerade recht; und ich riß der Goldschmiedsprosa sogleich die benötigte Anzahl Blätter heraus: schon der Titel empörte mich; feinsinniges Geschwafel; auch so ein Pneumatomache: geh zu den Guacharos!

Diesmal flanierte ich nach der entgegengesetzten Richtung, auf den Fabrikschornstein zu. Ein Fußsteig führte nach links bis zum Bahndamm, gleich neben der Brücke, und da sah ich schon, daß eins der Geleise hinter ins Fabrikgelände lief, also ihm nach, über die torfbraunen Schwellen.

Holz, viel Holz! In mächtigen Bretterstapeln unter Schuppen; in Sperrholzplatten, aneinandergelehnten. Auch Balken, aber weniger. Im Hof noch Riesenstämme, elefantengrau, Buchen zumeist, von 80 bis 100 Zentimeter Durchmesser: schade um die schönen Bäume. War aber alles superb trocken das Zeug, würde im Winter brennen wie Gift. – Na ja; ich erhob mich seufzend (ob der vorgestellten Schinderei beim Sägen und Hacken solcher Mengen) und schlenderte nachdenklich aus der Umzäunung, vor der wiederum steif die Zebrabeine des bewußten Schildes warteten: das war also die Holzindustrie.

Birken aus denen der Saft lief. Irgendwo (auch irgendwann) hatte ich gelesen, daß man tatsächlich Wein draus machen kann. «Birkenwein», mädchenröckiges, wehendes Wort (auch feinsinnig werden, eh? Und ich bummelte empört weiter über die Schwellen).

Was war das?: ach so. Im Glas sah man sogar die primitive Leiter des Hochstandes genau, und ich träumte mich einen Augenblick hinauf, wo der Wind Haut und Haare glatt strich, weit umher nur die glänzenden einsamen Wipfel; Natty hatte schon recht: Wälder sind das Schönste! Und ich war erst Anfang Vierzig; wenn Alles gut ging (?) konnte ich noch lange über die menschenleere Erde schweifen: ich brauchte Niemanden! –

Der Bahnhof: Lütt und proper. Güterwagenrot: da standen sie, einzeln und in Ketten, und ich mußte wieder daran denken, wie im vorletzten (zweiten) Weltkrieg wir Kriegsgefangene zu Fünfzigen in die Dinger gesperrt waren; die Holländer schmissen mit Dreck und Ziegelbrocken, daß die Wände knackten, furchtbar und langweilig. Auf einem Nebengleis eine kleine Draisine, und ich versuchte zum Spaß meine Kräfte daran: rollte verhältnismäßig leicht (aber es ging wohl auch ein wenig bergab).

Das Karawanserai gegenüber: Bierplakate in lebhaften Emaillefarben. Zur Zierde ein neckisch gläserner Bücherschrank in dem gefällig der Schlüssel stak; ich klappte eins der Bändchen auf: „... Man erschlage ihn / Mit einer Keule doppelten Gewichts ..." und ich entfloh sofort. (Noch auf dem Flur zischte mir die

Lachluft aus breiten Lippen: wahrscheinlich hatte es damals im hunnischen Lager die «leichte Feldkeule 53» gegeben; sowie auch die «doppelte FK 17» für Schwergewichte: wohin kann einen Rhetor sein Wortvorrat verführen!)

Unten: eine Mühle neben zwei schönen Teichen; der Brückensteg durchgefault, aber ich balancierte über die Balkenköpfe. Kleiner Platz mit einer ungewöhnlich hohen Thuja, mindestens 15 Meter maß sie; ein größerer Hof; zur Linken die lange Schuppen- und Garagenreihe: was sollte ich in den Menschenhöhlen? Wieder die ewigen Skelette betrachten? Wieder denken: das mag ein Dicker gewesen sein, der zufrieden am Abendwürstchen kaute; dies ein Leptosomer mit Baskenmütze und Menjoubärtchen; dort ein Trottel mit kahlem Eierkopf; hier eine christlich orientierte Jungfrau mit oder ohne Brille. Ein kleiner Straffer, mit Postbotengang und philosophischer Stummelpfeife (der aber doch heimlich ins Toto setzte). —— Auch drohte ein kurzer Platzregen, und ich schnürte ab, nach Norden, zum Hauptquartier (Zeltbahn übers Rad und Anhänger decken). Rechts hatte noch eine Kreissäge gestanden.

Dämmerung: für eine phantastische Erzählung fiel mir ein: kleine geflügelte Giftschlangen, die, zumal im Dunkeln, umherschwirren; schreckliche Folgen (und erfand gleich den ältlichen Titel:

Achamoth
oder
Gespräche der Verdammten,
das ist

gründliche und wahrhafftige Beschreybung der Reise, so Giovanni Battista Piranesi, napolitanischer Schiffer, in autumno des Jahres 1731
nach
Weylaghiri, der Höllenstadt,
gethan,
enthaltend eine ausführliche Darstellung von Land und Leuten, deren Sitten (vielmehr Unsitten), seltsam hellischen Gebräuchen, Institutionen, auch absonderliche und mitleidswürdige Qualen, sowie die merkwürdigen Dialogen, welche besagter G.B.P. zu unterschiedlichen Malen unter großen Gefahren für Leib und Seele daselbst geführt oder belauschet; Alles
nach Dessen
eigenem oft beeideten Bericht,
so er am Abend des 11. Maii anno domini 1738 und der darauf folgenden mondhellen Nacht auf der Piazza di Pesci zu Napoli in Gegenwart der seit langem dort ansässigen Herren doct. utr. jur. Markmann und Volquardts, des reisenden Past. emerit. Stegemann aus Dresden, sowie des Autors und einer großen Menge Volkes aller Stände in italiänischer Zunge abgeleget; neuerlich zu sonderbarer Belehrung und
geistlicher Befestigung
des teilnehmenden publici sorgfältig ins Teutsche
übergetragen.)

Hat viel geregnet.

Der Mondkeil wurde in eine Wolke getrieben, daß sie

langsam spaltete; dünnes margarinenes Licht fiel auf das Unteroffiziersbild neben der Tür: der Dank des Vaterlandes: das hieß in jenen guten Zeiten nach dem ersten Weltkriege: einen Leierkasten, und das Halsschild «keine Rente». (Aber die Deutschen schrieen ja noch zweimal nach Männchen machen, und „Es ist so schön Soldat zu sein“: they asked for it, and they got it!)

Ich erwachte: so stierte der Mond durchs Seitenfenster in mein taubes Gesicht. Unermüdlich kamen sie: Tag und Nacht. Einmal würde ich keuchend irgendwo liegen (hoffentlich gings schnell; und ein Schuß als Freikarte für die Fahrt ins Blaue mußte immer im Colt bleiben). — Ich lehnte mich an die Wand, die Kniee angehockt, und sah denkend mit Eulenaugen in den langsamen Lichtwechsel.

Reziproke Radien (und der Einfall faszinierte mich für 5 Minuten). — Denken Sie an graphische Darstellung von Funktionen mit komplexen Variabeln, und zwar eben an den erwähnten Spezialfall: ein schicklichstes Symbolum von Mensch im All (denn der ist der Einheitskreis, in dem sich Alles spiegelt und dreht und verkürzt! Die Unendlichkeit wird zum tiefsten inneren Mittelpunkt, und wir haben durch den unsere Koordinaten gekreuzt, unser Bezugssystem und Maß der Dinge. Nur die Peripheriehaut ist sich selber gleich; die Grenzscheide zwischen Makro und Mikro. — In einer Einheitskugel könnte man ja einen dreidimensionalen unendlichen Raum projektiv wiedergeben. —)

Hübsch und eine kluge Gedankenspielerei; für 5 Minuten.

Je weiter sich also die Geliebte entfernt: desto tiefer dringt sie in uns ein. Und ich drückte die Stirn auf die Kniee und flocht Finger durch Zehen.

(Kurz draußen). Mond: als stiller Steinbuckel im rauhen Wolkenmoor. Schwarze Spiegel lagen viel umher; Zweige forkelten mein Gesicht und troffen hastig. („Hat viel geregnet" heißts wohl auf Einfachdeutsch). Dumpfschlaf.

Ich steckte noch das kleine Handbeil in den Gürtel und schob los, in die letzte noch unerforschte Richtung, also Nordost. Dem Marschkompaß nach gehen die Schienen fast genau nordwärts, und auf den Schwellen läuft sichs leidlich (nur der Abstand: ist kleiner als ein Männerschritt, und, wenn man eine überschlägt, wieder zu groß. – Am besten ne Eingabe deswegen machen).

Ein Bauernweg quer drüber (hinten die Sonne schwebte durch weiße Wolkengewinde, brennende Montgolfiere: und ich hob die Hand vor Pilâtre de Rozier, abgestürzt am 16. 6. 1785, der Erste der langen Reihe, Ikarus unpräjudizierlich); ich ging diesen Bauernweg, der in leichter Schwingung nach Westen wies, links am Wald entlang; in der Mitte der 500 Meter breite Streifen dessen, was einst Felder gewesen waren; und drüben wieder Waldketten, licht und düster. Der Wind war kühl, rasch und hold, und ich lächelte als junger Wanderbursch in den Grünzauber ringsum. Ein Brombeerdorn zog eine rote Gerade quer übers Wurzelglied meines rechten Zeigefingers; ich sah es, kurz und kalt im Gewehrzurechtrücken, und der winzige Schmerz verfloß in die Wälder.

Viele Pilzruinen (noch vom vorigen Jahr her); weit drinnen dahlte ein Wässerlein durch stark grün verbrämte Reiser, sickerte aus einer großen Wiese zusammen, gesetzlos und schön.

Ich hatte die Richtung drinnen verloren, und fand mich plötzlich am Waldrand wieder, nur hundert Meter vom Schienenstrang, auf einem kleinen freien Stellchen. Wacholder bildeten zwei feine Halbkreise: das mußten sehr alte Pflanzen sein, der Größe nach zu urteilen (werden 800 bis 1000 Jahre alt; ich nicht). Auch war der Boden so fest und sauber, daß ich mich behaglich seufzend hingoß. Wunderbar!

Die schrille Sonne fuhr hinter sausende Wolken; das graue fette Vließ dehnte sich; zwanzig Minuten später lag es überm ganzen Moor (und zwar für eine Stunde).

Mailicher Regen: ich saß darin gelassen wie ein Stein: schön, so am Waldrand durchzuregnen bei völliger Windstille (im Mai-Land; nicht Milano) und ich bewegte entzückt die feuchten Schultern und Waden.

Die Feldflasche?: Ja! – (Ich habe immer nur getrunken, um die Bildkraft der Seele zu steigern; dem geschundenen Geist die irdenen Bremsklötze wegzunehmen; die Peripherie des Einheitskreises zu weiten: reziproke Radien; also doch!). (Und von gestern her kam funkenschnell ein Bildchen: die schöne Birkenallee von Borg her; ein kleiner Friedhof mit Spitzbäumchen von Taxus; eine plumpe Kirchenscheune – einen Geschmack hatten diese Bauern gehabt! Neben einem Meilenstein ein meterhohes Holderchen)

Ich atmete tief und feurig, und trat sicher in die graubuntgrüne Luftnachdemregen: stand: in jeder Hand eine rauhe Jungkiefer. Zwei Vögel schossen drüben aus dem gesägten Baumband, kurvten kreischend hoch, zogen dahin, dahin vor der Westwolkenbrandung, schrieen noch einmal indianerhaft, und versanken hinter der stillen Bodenwelle wie geworfene Steine. (Die Drehzahl eines Geschosses ist $N = V_0 \cdot \tan \xi_e / 2 \cdot R \cdot \pi$, worin ξ_e der Enddrallwinkel, und R das Halbkaliber in Metern ist – weil ja auch V_0 in Metern angegeben wird!)

Der Abend: schrecklich und schön! Feuerrote und weiße Nebel traten aus den Gründen und Hainen, wie Schmuggler mit silbernem und brennendem Gerät; kamen zusammen und hielten Rat in Senke und grauem Gras (da kehrten auch die großen Häher wieder, und fielen streng ein).

Die Karte: ich hatte das Blatt auf dem Knie und schätzte: gleich weit nach Hamburg, Hannover und Bremen. (Die schienen drüben zu einem Entschluß gekommen zu sein: geduckt und grau trennten sich die Gruppen; schwanden lautlos die Birkenstraße davon, krochen durchs gelbe Vorjahrsried: einer blieb hochaufgerichtet als Posten).

Das englische Verpflegungslager gleich bei der Hand: da lag Vorrat für 10 Jahre! Unten in der Fabrik Holz genug für einen ganzen Clan, der siedeln wollte. (Jetzt neigte sich die Wache langsam nach vorn, und schob sich, jede Gelegenheit tarnend ausnützend, in die Wildschonung).

Wasser: War hinten der Bach-Graben; und Regen hats in Norddeutschland überflüssig genug. Auch die Arbeit beim Bau, Sägen und Hacken, Schleppen und Transport, würde mir gut tun (dick werden: die Sünde wider den heiligen Körper!)

Ich erhob mich unter einem mittleren Mond; ich sagte: „Herr von Baer (oder wie der Besitzer sonst heißt): ich danke Ihnen für die Überlassung dieser Waldstücke: ich werde hier nämlich ein Haus bauen, und nehme somit das Ganze“ – ich wies ungeduldig mit der Hand um den Horizont – „in Besitz –“. («Erb- und eigentümlich» fiel mir noch an juristischen Formeln ein: gibts so was?)

Ich steckte das kleine Handbeil in den Gürtel (schräg!): der Umstandswauwau. Und trat fest auf den – meinen! – Weg. Der Abend loderte noch still mit breiter schon gedämpfter Glut und silbernen Wolkenflammen (war aber zu faul zum Figurenlesen). Wohl wußte ich, wo ich lief: in umbüschten Gründen im Osten rann Lütt-Warnau; Erde unter mir; in Rücken und Flanken die großen Waldhaufen – meine! –, straßenumsponnen; Wieder erschien im Nacken der Mond als Meilenstein: 17 müßte ihm im Gesicht stehen (oder 18; immer großzügig). Junge Blätter legten sich willig und wellig und breit um mein glattes Gesicht: wollt ihr euch schon beim Herren einschmeicheln? (Alles meine Gesellen!)

Vorm Einschlafen: trotz Müdigkeit schon eine Zeichnung gemacht fürs Haus. Morgen muß ich gleich noch einmal in die Wacholderringe und genau die Stelle ausmessen, wie hoch usw. (Und auch für den Schuppen. Am besten gleich mit Pflöcken abstecken. – Im Ort noch Millimeterpapier suchen).

Lange davor sitzen: (vor den Brettern drüben im Lager): ist das schwierig! – Als Erstes muß ich die Transportmöglichkeiten klären: da ist oben am Bahnhof der kleine Plattenwagen von gestern; den kann ich mit Balken etc. beladen, und bis an die Wegekreuzung schieben (erst muß ich aber noch Rost klopfen und ölen); vom Bahnhof ab fällt auch das Gelände nach Norden etwas: das ist sehr gut. – Was für Balken kann ich eigentlich bewegen? Da waren Vierzöller, Sechszöller, 8 Zöller: ich entschied mich für die 15 cm zum Hausgerüst und rechnete: Spezifisches Gewicht ungefähr 0,7; Querschnitt 225, durch 10 ergibt gleich Kilo, also wiegt der Meter davon rund 30 Pfund, und ich fluchte innig: Dreißig Pfund! Stand sofort auf, und versuchte ein 10 Meter langes Untier zu bewegen: sieh da! Mit Gewalt würde ich ihn vielleicht draufhebeln können. – Dann versank ich wieder in das Studium der Holzverbände, deren Abbildung ich in einem alten Lexikon gefunden hatte.

Ja: jetzt rollte sie! (Und auch die eine Weiche, gerade die, die ich brauchte, unbedingt, ließ sich knarrend stellen: wenn das nicht ein Zeichen ist!). Vier der Ungetüme würgte ich mit Stangen und Stricken auf die niedrige Platte und begann

die Probefahrt: hei-li-ges-Etwas! Ich stierte benommen auf die groben Kiesel und meine staubbraunen hohen Schuhe, die sich von Schwelle zu Schwelle stemmten: wenn ich bloß erst oben am Bahnübergang wäre! Der Schweiß tropfte schön unrhythmisch, und ich bog mich verzweifelt, stemmte auch den edelsten Teil mit an; die Bäume wandelten wie die Schatten an mir entlang, mein lieber Freund, einmal wär ich fast abgerutscht («Wer abrutscht kann nochmal»), und die Kniee bogen sich immer steifer (wenn mal eins nach hinten schnappt: das soll es geben!). Aber jetzt erschien ein staubiger Holzbelag unten im schiebenden Blickfeld:

gleich kam, Herr des Himmels, die Weiche. Ich stampfte noch einmal keuchend an, und brachte den Geleitzug über die Stelle : nie wieder eine Landpartie! –

Den Hebel umgelegt: jetzt aufpassen: kurz anschieben, dann aufspringen und nach vorn zur Handbremse: jetzt müßte es eigentlich rollen: –

Und es rollte milde, der Wind pfiff mir nicht an den Bartstoppeln, aber stetig und bewußt. Schön rumpelten wir durch die Waldmauern, schöner, schon kam der kreuzende Landweg in Sicht; ich nahm Fahrt weg, und zog kurz davor einmal scharf durch: voilà! Genau hingekriegt. – Aber das Abladen war wieder grausam, grausam; denn zerbrechen sollte ja auch nichts.

Rückweg (langsam schieben): die andern Balken kann ich ja vorher alle zersägen; die längsten Stücke, die jetzt noch kommen, sind höchstens 5 Meter! (Lore noch ins Holzlager geschoben, dann Schluß für heute; erst muß genau der Plan feststehen; und Werkzeug, Nägel, Schrauben, ran).

Drei Tischler waren im Ort gewesen: da hatt' ich die Auswahl (und Zeichenmaterial en masse aus der Walldorf-Schule unten); so saß ich lange, bis in die lichterzuckende Nacht und grübelte: neben dem Bahnhof hatte auch gleich ein Kohlenhändler seinen Platz, und in den Speichern lagerten noch so 500, 600 Zentner, Eierkohle und Briketts; vielleicht warens auch 1000; ist schwer zu schätzen, so was; jedenfalls sorgloses Heizen für manches Jahr. Und dann würde man in den Kellern überall noch Einiges finden. Das ist also auch gesichert.

„*Vaubansche Front*" fiel mir beim Zeichnen ein: alle Verhältnisse: von Face, Flanke, Kurtine, Kavalieren, Tenaille, Ravelin. (Interessant; ich hab mal den Bousmard gelesen) — Aber weiter:

Wehe dem Manne, der nicht wenigstens 10 Mal in seinem Leben bereut hat, daß er kein Tischler wurde! Oder der sich beim Anblick eines neuen Nagels der Vorstellung von appetitlich zubereitetem Holz und kleinklobigem Hammer enthalten kann!

Ich probierte die Bohrwinden am Treppengeländer: ob ich die dreifache Durchdringung unten fertig kriege? Ich wollte es nämlich so machen:

1.) 5 lange 10-Meter-Balken in Abständen von je einem Meter parallel zueinander hinlegen; dann
2.) rechtwinklig dazu die fünfmetrigen (das war noch einfach; da brauchte ich an den Kreuzungsstellen nur in umgekehrtem Sinne 7,5 cm tief und 15 cm breit einzuschneiden, ausstemmen; über die vier Ecken schräge Stücken legen, damit feste Dreiecksverbindungen auftreten; dann das Grundnetz mit Kieseln ausfüllen). Aber jetzt
3.) die senkrechten Pfosten: da mußte ich mit Stemmeisen durch die Verbindungen vom Typus (2) quadratische Löcher schlagen, etwa 6 mal 6, und am Pfahl den passenden Zapfen stehen lassen. Also durften die nicht bloß 2,20 hoch sein, sondern unten noch 15 mehr, macht 2,35, und dasselbe oben — also 2 Meter 50.
4.) Die Decke: Querüber wieder die 15-zentimetrigen, und 5 Meter lang. Aber als Längsverbindungen genügen jetzt die Vierzöller, und auch zum
5.) Dach. Die Winkel: an der Basis 50, oben demnach

80 Grad; und ein Stück übergreifend, an jeder Seite 50 Zentimeter. So. — (Das Gerüst war das Schwierigste; die Bretterverkleidung fand sich leicht; hatte genug gespundete unten). Good!

So saß ich und rechnete. —

(4 Wochen später): und unermüdlich floß das gezahnte Stahlband im bunten Holz; weißer hölzerner Staub übersank den ausgefallenen linken Fuß, guter Staub, sammethart, und jedes Körnchen war da: man müßte die Biographie jedes Körnchens schreiben: will doch Jeder da sein! „Lebensbeschreibung eines Wacholders"; „So wuchs die Kiefer da rechts"; „Wir Moos"; „Ich war ein Vogel Habicht"; warum soll nicht „eine Schneise" ein Wesen sein? Der Bahndamm hat „Seine Geschichte". Ein Kiesel der Beschotterung: lebt länger als Sie, Herr Leser Irgendein! „Mein Fußtapf". „Tannenzapfen" (sind ja ganze Communities). Auf meinem Fenster standen 24 Blumentöpfe mit Bäumchensamen: so floß das gezahnte Stahlband im bunten Holz; unermüdlich.

22. Juli 1960: Richtfest! (War zwar ein Freitag, aber was tut das mir?!). Ein Zimmermann hätte sich pucklich gelacht, aber das Gerüst stand. Und fest auch; ich war genügend drin herum geturnt. (Jetzt kam nur noch der zweite, leichtere Teil: das Benageln mit Brettern; dann noch Möbel holen — aber erst mal feiern!). Und die Flasche kam mir nicht vom Mund (die Uhr müßt' ich auch wieder mal überprüfen; am 5. 9. war die nächste totale Mondfinsternis, da würde ich auch feststellen können, ob ich noch das korrekte Datum führte. Den ungefähren Ortsmittag ergab ja außerdem jeder Meridiandurchgang: Dein Wohl! Und der

Malaga, Scholtz hermanos, rann wie aromatisches Feuer in meinem Zimmermannsschlund).

„*Die Öfen*" fiel mir ein: ich hatte keine gemauerten Schornsteine! – Na; s war ja wohl nicht der erste Gekachelte, dessen Rohr frei durch die Wand ging (aber ich wurde doch ernster: auf Waldbrände würde ich sehr achten müssen!). – Und dann hatte ich auch noch keine Hausnummer! So munter war ich geworden, daß ich noch einmal heiter meiner Leistung zunickte, und dann, bebüchst und bebeilt, die Hausnummer suchen ging.

Über die dünstende Wiese: diesmal kam ich von hinten in den Mühlenhof; das Fenster an der kleinen Treppe fiel mir beim ersten Antippen entgegen (richtig: Fenster muß ich auch noch komplett irgendwo herauslösen, und bei mir im Haidehaus wieder einsetzen!), und ich schwang mich hinein: armselige Einrichtung: ein Bett mit Bretterboden, ohne Kissen und Federbetten, bloß 5 Decken. Ein zerwetzter Schreibtisch, darauf zwanzig zusammengelaufene Bücher in Wellpappkartons als Regälchen; ein zersprungener winziger Herd (na, der hat das große nasse Loch auch nicht erheizen können!), ich tippte ihm anerkennend aufs geborstene Eisen, und sah mich mürrisch um. Papier in den Schüben; Manuskripte; „Massenbach kämpft um Europa"; „Das Haus in der Holetschkagasse"; ergo ein literarischer Hungerleider, Schmidt hatte er sich geschimpft. Allerdings lange Knochen: mußte mindestens seine 6 Fuß gehabt haben. Das ist also das Leben. Ich salutierte den beinernen Poeten mit der Flasche (den Schädel müßte man mitnehmen und bei sich aufstellen); dann schwang ich mich wieder durch die dicke

Fensterhöhle, und schritt bergauf längs den verwilderten Kleingärten.

Der Sportplatz: ich lehnte mich an den ergrauten Torpfosten und verschränkte sämtliche Arme: hier hatten die Hunderte gestanden, an den simplen Schranken, und begeistert ihre Hütchen in die Luft beordert, wenn „Opa“ einen Alleingang machte. Ich lief eine halbe Ehrenrunde bis zum anderen Tor (und kletterte sogar noch weiter über den Zaun; denn drüben war ein winziges Zementhäuschen gesprengt worden, wohl von den Tommies noch im vorletzten Weltkrieg, die Irren).

Die Trümmer: tischgroße Zementbrocken. Die Wände waren erst nach außen geblasen worden; dann das Dach eingefallen; auf dem Hügel wucherte es von Gras und Ampfer, Hirtentaschen und Taubnessel: hatten sie auch das kleine Ding in die Luft jagen müssen! Ich ging noch näher und bohrte mit der leeren Flasche im Gebröckel.

Tiefblau und weiß: so erschien eine emaillierte Ecke in der Tiefe, und ich pfiff hastig und ruhte nicht eher, bis ich das Schild ganz heraus hatte: 12 mal 20 und B. 1107. Und ich dehnte die Augen und lachte nickend und ingrimmig: très bien! Da habe ich also meine Hausnummer: B Punkt (oh: ein solider dicker Punkt!) Elfhundertsieben. Ich wischte das Staubige mit dem Taschentuch blank und blau: darauf konnte jedes Holz staus sein (oder „Haus stolz“; ist egal). So zog ich im Triumph in mein altes Standquartier, aß, was mir schmeckte (Eier hätte ich wieder mal essen mögen!), und vertrieb mir den Rest des (bullenheißen) Tages: morgen kommt der Fußboden rein, aus zweizölligen Bohlen! (— Quatsch: natürlich erst das Dach. Dachpappe hats oben beim Hogrefe; soviel, daß ich sie doppelt nehmen kann.)

Drei Räume. Ich teilte drei Räume ab, jeden durch die ganze Hausbreite gehend (außer dem ersten); die Außenwände verschalte ich doppelt; dann die Zwischenwände auch: Zeit und Material hatte ich.

Nochmal die Mondfinsternis (das war wieder der Pedant, der sich ums Datum sorgte!) — Nach meiner Rechnung müßte die Totalität am 5. 9. um 5 Uhr 23 MEZ eintreten; die Sonne ging dann bei mir hier kurz vor 6 auf; also würde der Mond eine Stunde vorher im Westen dicht über den Wäldern stehen; alpha betrug nur 0,5 Grad: also war die Eintauchtiefe fast maximal: gegen 3 Uhr würde das Spektakel also anfangen. — Na, da war noch ein Monat bis hin.

Fenster: ins Wohnzimmer setzte ich zwei große dreiteilige; in die Küche ein kleines nach Osten; ein ganz schmales (aus einem Abort der Siedlung) in die Nordwand des Vorraums (und ganz oben hin). Ehe ich richtig mit dem Hobel hantieren lernte, war das Haus fertig: das ist immer so (aber dem Schuppen kams dann zu gut!).

Am Schuppenkomplex (und ich wohnte noch immer in der Uferstraße): das vorgebaute Dach war auch keine Kleinigkeit (und ich machte ihn dann doch noch zwei Meter länger; ich würde zuviel drin aufbewahren müssen. Auch das Fahrrad und alles mögliche Handwerkszeug!).

Ich malte eine Tafel «Verbotener Weg» und befestigte sie vorn an dem Fußpfad zur Linken, waldab (den man gehen sollte! sic!), und der mitten in die Kolonie

Hünzingen führte. Den alten Waldsteig an der Bahn entlang, der sich zu mir schlängelte, ließ ich frei: Psychologie, mon vieux! – Sämtliche Verpflegung kam natürlich auf den Boden, unter das geräumige Spitzdach.

Mit Besenreis in der Hand (wie Droll): ich hatte alles ausgefegt, und die Öfen (einer mit braunen Kacheln im Wohnzimmer; der Küchenherd; ein Kessel mit Rohr in der Waschküche) standen auch schon. Ansonsten: spinnige Kiefernschonung; und ich soff, bis die Grauhaarigen um mich torkelten.

Völlig unangebracht: ein feuriger brünetter Mond in Wolkenrüschen. – Zwei Tage nehm ich zum Möbel holen; besser drei. Dann ist der 2. 9. Bis zur Eklipsis gebe ich noch für Kleinigkeiten zu (Bücher zusammensuchen; Spaten, Hacken, Harke; der Sägebock war noch gut). Am 6. wollte ich nach Hamburg starten, die «Glanzlichter» zur Einrichtung besorgen; auch rare Schmöker einkassieren etc. Etwa am 10. zurück. Dann erhob sich schon die Heizungsfrage; also 4 Wochen für Kohle holen; Holz sägen und hacken; Lebensmittel vom Düshorner Lager (und die Wasserentgiftungs-Tabletten nicht vergessen!) Darüber würde es bestimmt Oktober/November werden; und dann kam die herrliche einsame Zeit, viele Jahre lang: morgen hol ich die Dachrinnen und drei weitere Bütten zum Auffangen des grauen Regens. Töpfe, Wannen, Pfannen: ich werde euer Mor-Pork schon braten! Vielleicht kann ich fürs kommende Frühjahr sogar eine Art von Kartoffelfeld herrichten (obgleich Landarbeit mir so ziemlich das Widerlichste von Allem ist; außer Militär natürlich; Militär und Textilindustrie).

Der fleckige abgegriffene Besant d'or (ich hatte den Wecker auf 1 Uhr gestellt und starrte ihm ins gelbliche Rund); schön saß sichs auf dem Weg, mitten im leichten Sessel, und der Himmel war bleich und klar über den großen Wäldern zu beiden Seiten. In Hamburg würde ich mir ein gutes astronomisches Fernrohr beschaffen; für jetzt genügte der große Kieker und die Taschenuhr. War Alles still und kühlig; auch feuchtlich; keine Grille schrillte mehr; nur dann und wann floß Hauch durch die Pflanzen zur Rechten zur Linken. Früher mochte um diese Zeit «ein Zug» hier vorbeigefahren sein: ganz fern im Norden ein leises Rollen, kam näher, orgelte tief weit und nah, schwoll polternd an mit jagenden Stößen, Lichter flossen perlenschnürig vorbei, verschwanden im Süden: leises Rollen. Jetzt war Alles still: und schöner! Früher waren auf den Asphaltbändern lautlos Autolichter geglitten: jetzt herrschte nur noch der Mond:

Der Kupfergong! Hängt blaß, ein Kupfergong, noch hoch im Äther. (Datum stimmt also genau!). Die merkwürdigen verschwollenen Lichter auf der Scheibe. Mädler hatte viele Untersuchungen darüber angestellt; das waren die eigentlichen Mondautoritäten: Lohrmann, Mädler, J. Schmidt, und vielleicht Fauth. Eine Eule begann sehr tief im Forst zu monen: schien auch ihr die Gaukelscheibe verändert? (Hoffentlich waren die Elbbrücken noch unzerstört; oder ich würde im Boot übersetzen müssen). Unten im Dorf hatte ich den Almanach gefunden «Handbuch der hanseatischen Departements 1812»; altes französisches Kaiserreich hier: so war auch ich ein citoyen. Ob außer mir überhaupt noch jemand übrig war? Wohl kaum;

vielleicht irgendwo auf den Südzipfeln der Kontinente, die vermutlich noch am wenigsten abgekriegt hatten; man müßte ein Radio in Betrieb setzen können. Wind strich wie ein mächtiger achtloser Vogel weit von Westen her; wiegten sich die Gräser in schmalen grünen Hüften, knarrten leis die Kiefern, schwört es im Wacholder, bräunlich breit der Mond. So trieb ich es jene Nacht. (Und: dic mihi . .!)

Auf der Kreuzung hinter Schneverdingen, Reichsstraße 3: also so geht das nicht! Den Weg kann ich auf der Rückfahrt mit überladenem Anhänger nicht nehmen. (Vor Visselhövede war die Straße noch gut; aber dann bis hierher völlig verkrautet, manchmal bis über die Radachsen; hinter Neuenkirchen erkannte ich die frühere Fahrbahn überhaupt nur daran, daß die Tännchen noch so klein waren: das sind die Folgen des Kopfsteinpflasters, jetzt schon! In 20 Jahren findet Niemand mehr Straßen auf der Welt; vielleicht erkennt man die Autobahnen noch, aber in 30 sind auch die weg). Hier die große Reichsstraße war in der Mitte noch ganz erträglich; obwohl schon viel Sand eingeweht war: zurück mußte ich also den Umweg über Soltau machen; Soltau, Fallingbostel. Ja: dann nach Walsrode und von hinten herum kommen! – Ich stand steifgliedrig auf (war in letzter Zeit doch zu wenig Langstrecken gefahren), und beschaute noch einmal den Omnibus, dem ich auf dem Trittbrett gesessen hatte: sieht scharmant aus: ein Auto mit üppigem Gras auf dem Kühler! Dabei hatte ich noch nicht mal ein Drittel der Reise hinter mir; also: «auf die Rössel!»

Dicht hinter Sprötze (wo die große Bremer Straße einmündet): und die Fahrt durch Haide und Wiesenwuchs war prachtvoll gewesen; nur bei der langen Brücke mußte man ganz vorsichtig sein — was heißt «man»?: Ich! Das Wort «man» kann ich eigentlich aus der Sprache streichen! — erstens klappert der Bohlenbelag gefährlich, und dann fehlt schon jede Vierte. Aber das war Alles nicht „das Problem“, sondern dieses: vor und um (und in) Hamburg hatte ganz im Anfang eine große Schlacht (mit unzähligen Luftattacken von beiden Seiten) «stattgefunden» („Jeder ist herzlich eingeladen“); es schien pueril, anzunehmen, daß auch nur noch eine der Elbbrücken intakt sein könne! Also versuchte ichs am sichersten irgendwo an der Niederelbe, in einem kleinen Ort; da war auch noch am ehesten die Möglichkeit, ein brauchbares Ruderboot zu finden. — 25 km noch bis Neuenfelde; und schon 15 Uhr: no, bis 19 Uhr 30 bleibt es hell, inklusive Dämmerung; und die Sonne sengte «einem» die dünnen Leinenshorts (früher hätte ich nie kurze Hosen tragen können: die Insekten hätten mich aufgefressen; wenn andere unangefochten spazierten, hingen sie um mich in Wolken! Aber jetzt, wo die Mehrzweckbomben die meisten Arten vernichtet oder dezimiert hatten, und die Vögel den Rest leicht in Schach hielten, war es eine Freude mit bloßer Haut zu gehen). Und Beobachter waren auch keine mehr da: so zog ich gar die Shorts noch aus, und ließ mich ein Stündchen braten: Mitten auf der Kreuzung.

Verflucht noch Eins! (Waren doch zwei Stunden geworden!). Ich hing mürrisch den Anhänger wieder an die Hinterachse und hob mich zum Anfahren in den Pedalen (und Sonnenbrand auf allen pikanten Stellen!)

Wulmstorf: wie gut, daß die Schilder noch stimmten; sonst hätte ich jeden Ort erst mühsam identifizieren müssen (indem ich einen Briefkasten einschlug, und die Absender las; oder beim Postamt oder Bürgermeister den Stempel probierte: was näher war!). Und jetzt nahm ich, auf der Treppe des Friseurs sitzend, den mir versprochenen Schluck Whisky: kalt und sehr stark! – Noch einen kleinen: hier hieß es genau dosieren, daß der bis Blankenese vorhielt. Nur Narren oder etiolierte Ästheten sind Abstinenzler: die können nie erlebt haben, wie Schnaps bei völliger körperlicher Erschöpfung Wunder wirkt. Außerdem kann ich Menschen ohne Gelüste nicht ausstehen. – Überhaupt keine!

Und mit Whiskyschwung an den Deichen entlang: das Wasser stand hoch am kleinen Anleger, und links waren auch 5 Bötchen. (In der verlassenen Gaststätte öffnete Zugluft einladend die Türen, und ein Mövenklub brach eben auf).

Was für Wind eigentlich? Ziemlich genau West und Stärke 2–3. Demnach könnte ich sogar das kleinste Segelboot nehmen (in dem auch ein Paar Ruder lagen; so artig wars).

Großschot in der Rechten, Steuer in der Linken, und es war Zeit, daß ich rüber kam, denn ich dachte den bekannten langen Schlaf zu tun. Wie ist die Formel: das Segel soll den Winkel zwischen Windrichtung und Fahrtrichtung halbieren: so glitt ich über den blauen langen Strom, neckte mich mit den graziösen Wellchen, hielt aus Spaß eine Zeitlang auf Flottbek zu und sah auch oft zurück, um mir die Neuenfelder Bake als Zielpunkt für die Rückfahrt genau einzuprägen.

Sorgfältig festmachen das Boot (und dem Tau etwas Spielraum geben, wenn nachher das Wasser fällt). Dann stieg ich in die nächste rassige Villa: nee: war zu muffig drinnen; also entrollte ich meine Decken auf der Veranda.

Jungfernstieg: ich setzte mich in den Straßenbahnwagen, der genau vorm Kaufhaus stand, und beabsichtigte, melancholisch hinaus zu blicken; aber es gelang mir nicht, und ich stieg wieder aus: linke Hand am linken Griff; sprang in einer bösen Laune gegen die Fahrtrichtung ab, und ging hinter der gelben Blecharche herum bis zur Balustrade. –

Auf dem Zettel murmelnd abstreichen: Taschenlampenbirnen 2,5/0,1 für meine Dynamolampe hatte ich schon mit Glück gefunden (ist gar nicht so einfach: 0,2 usw. findet man überall genug!); vier schön vergoldete Wandleuchter für je zwei Kerzen (also noch die Messingschrauben dazu); ebenso Nr 6, 7, 8 streichen; blieben vor allem noch Bücher und ein, zwei Bilder.

Vielleicht ne Mappe mit Graphik, was?

Ein Alsterdampfer kam unter der Lombardsbrücke hervor, Schiff ahoi, schwenkte ein, geriet gefährlich ins Wanken (denn der frische Wind rannte mit Geschrei durch die Trümmergassen), und wuppte eine Zeitlang unschlüssig auf und nieder (schien der Letzte zu sein, der noch trieb; bei den andern waren längst die Haltetaue durchgefault, die Seiten eingestoßen, gesunken: von dem links drüben sah man noch einen Meter Dach aus dem Wasser schrägen). Auch der hier hatte schon furchtbare Beulen im weißgrauen Bug, und stieß eben wieder dröhnend an den Steinrand, daß mir der Anblick wehtat.

Vor Geschäften: brauchte ich noch einen spitzen Hut? Oder Lackschuhe (auch spitz)? Mein Haar stob im Wind (was ich gar nicht schätze!), und ich trat einen Augenblick unters Portal der Petrikirche, mich zu adjustieren (ein kurzer Blick hinein: nee, werter Nazarener: Du bist kein Problem! Gott hab Dich selig; da das nach eurer Ansicht ja einmal Gottes Aufgabe ist).

Und wieder stürzte ich Türen, schlug Kellerfenster ein, zwängte mich durch Mauern, die Axt erbrach Schränke, staubdurchfunkelte Auslagen (Knochenhaufen, Rippenkörbe stören mich nicht mehr: sollte der Himmel nicht bloß eine Fiktion des Teufels sein, uns arme Verdammte noch mehr zu quälen?)

Zu gekästeltem Papier, wie es in Rechenheften ist, hatte ich von klein auf rechte Anmutung; so nahm ich auch hier ein derbes Büchlein mit (obwohls Quatsch war: das fand ich in Soltau auch!)

Neue Metamorphosen (frei nach Ovid, fiel mir in einem Ruinenfeld ein): Ein Windgott, Flöse, verwandelt eine vor Russen fliehende Berlinerin in einen stöhnenden Schornstein. Oder den von Polypen verfolgten Waffenschmuggler in einen Trampdampfer der Reederei Rickmers. In den Unterführungen des Dammtorbahnhofes saßen sie noch aufrecht, hart oder betend, auf Koffern und Hutschachteln, in dumpfen und karierten Kleidern; ein Mumienkind drückte's Gesicht in den dürren Schoß der grauseidenen Mutter: und ich schlenderte hallend, den Karabiner auf der Patronentasche, den Finger am Hahn, durch die Reihen der lederbezogenen Totenhäupter: und siehe, hatte der gesagt (und sich den behaarten Bauch gestreichelt), siehe: es war Alles gut! Vor der Sperre, wo ein Leichenberg haufte, drehte ich um, und ging den Korso wieder zurück: dazu also hatte der Mensch die Vernunft erhalten.

Ich war so haß-voll, daß ich die Flinte ansetzte, in den Himmel hielt: und klaffte sein Leviathansmaul über zehntausend Spiralnebel: ich spränge den Hund an!

Ein Rechtsanwaltsbüro daneben? Auch das noch! – Daß dies feile Pack: für Geld sogleich komödiantisch wortreich; gegen Bezahlung voller Gebärden des Rechts; aus Berufsinteresse Schürer und Anstifter aller Händel: auch Mörder, Ilse Koch, Generale, Diebe, geizige alte Weiber, finden ja stets noch ihre «Rechts»anwälte! Das muß man sich einmal vorhalten, um die Entbehrlichkeit dieses Standes zu erkennen: im Altertum war der Sykophant das verächtlichste Wesen: also daß dies Pack weg ist, versöhnt mich wieder mit der großen Katastrophe. Die kamen noch unter den Preisboxern, die sich vor Gaffern für Geld die Fressen einschlugen: es ist doch gut, daß mit all dem aufgeräumt wurde! (Und wenn ich erst weg bin, wird der letzte Schandfleck verschwunden sein: das Experiment Mensch, das stinkige, hat aufgehört!) Solche Betrachtungen stimmten mich wieder fröhlich. Auch daß einem Theater die ganze Vorderwand fehlte, und man von der Straße aus direkt ins Parkett spazieren konnte, verwand ich darüber.

Vor dem Eisernen: schon rollte ich Tenoraugen, breitete geschmeidig (wie ich mir einbildete!) die Arme: „Da standest Du vor meinen Bli-hi-cken /: ich sah Dich an –: es war um mich getan / Du meine Wonne mein Entzücken . . .“ (ganz leise und prononciert): „Dein ist mein Herz!" „Und ewig Dir gehör ich aaaaaaaannnnnnnn!!!" (und ich nickte zufrieden: aber wo blieb der Beifall??) Da gab ich es gekränkt auf, und entfernte mich pikierten Ganges (Hätt ich nur was vom Pi-Pa-Paddelboot geplärrt; oder „Unter einem Regenschirm am Abend" – und schon pfiff ich das letztere).

In der Universitätsbibliothek (Nur Studierende haben Zutritt: bitte: stud. pimp. et mes.!). Schon war ich im Lesesaal und begann mit possessiven Gebärden die Präsenzbibliothek zu handhaben: da hätte ich einen LKW gebraucht! (Gottlob standen in Celle auch die wichtigsten Lexika).

Im Katalog. Ich suchte ganz sachlich nach Liste meine Desiderata zusammen: Barockromane; ein großes Kostümwerk; Ellingers ETA Hoffmann (300 Bände standen schon zu Hause; etwa 200 brauchte ich noch).

Sieh da: der alte Franz Horn, Shakespeares Baladin: hat der Mist geschrieben! Und ich nickte ihm bittersüßlich zu. – Ranke; «Historiker» Ranke! (Wie genau er es mit der Wahrheit nahm, kann man unschwer daran erkennen, was er 1850 über Marwitzens Erinnerungen an Friedrich Wilhelm den Dritten sagte: es wäre zu früh: zu früh! sic! jetzt dem Volke den Glauben an den «seligen» König zu nehmen / Also zu früh für Wahrheit! – Und Tischrücken tat er auch noch!) So schleppte ich Arm auf Arm in den schwarzen Blechkasten unten. Aber gute Karten hatten sie auch nicht; das war Alles alter Rambo: hätte doch nur einmal ein Verleger den Mut gehabt, einen Großatlas mit nur physischen Karten herauszubringen! Die politischen Grenzen änderten sich ja doch alle 10 Jahre! Das wäre ein verdienstvolles Werk gewesen; jetzt mußte ich halt zusehen, was ich einzeln fand. Wenigstens war vom Cooper so viel da, daß ich meine Auswahl daheim komplettieren konnte; aber natürlich auch wieder keine Biographie. –

In der Eisenhandlung: einen kleinen Schleifstein bitte, so einen zum Anschrauben an die Tischplatte; wenn möglich mit auswechselbaren Scheiben: da niemand kam und mich bediente, wählte ich selbst, und legte noch ein paar Stahlklingen dazu (ich will mir nämlich 2 Lanzen, und Pfeil und Bogen fertigen; das Schießen macht manchmal zu viel Krach). Ich drückte prahlerisch einen Hundertmarkschein auf die Theke: immer nobel, Robert! („Blende ihn mit Deinem Schein“!).

Der nackte Bronzereiter (in der Kunsthalle) mit seinem blödsinnigen Hütchen (wenn er sonst nichts anhat, wird er gerade son kunstvollen Sturzhelm aufsetzen!); ich ging kopfschüttelnd an dem Betreffenden vorbei, und stand wieder in der Vorhalle. Glaskästen: hier konnte man für 20 Pfennig fotographische Wiedergaben kaufen (aber ich hatte schon drei Originale, sogar mit Rahmen; obwohl die goldgeschnitzten sicher nicht ins Holzhaus passen würden). – Wieder sah ich unentschlossen auf das Plakat: Ausstellung der Griffelkunst-Vereinigung; noch einmal; ogottogottogott; aber dann ging ich doch seufzend und mißtrauisch die Treppe hinunter.

Tische mit Prospekten: (grünlinoleumbelegter Fußboden); sparsam beladen mit Prospekten. Ich projizierte mir hinter den einen ein kleines dralles ernsthaftes Mädchen; kaufmännische Angestellte, mit kurzen biederen Brüsten und blauem Cheviot-Rock; meinem lasterhaften Lächeln setzte sie sekretärene Sachlichkeit entgegen, rhombisch fleckte die Sonne um uns, und als ich noch einen Schluck vom 50 %igen genommen hatte (kalt und mißbilligend schrieb mich da der Blick ab), hörte ich auch Summen und Fußgaukelei eines besichtigenden Nachmittagspublikums. Ich rückte die Baskenmütze schiefer und ging auf die Rahmen an der Wand los.

„Das Gerücht“. A. Paul Weber. Ich war besoffen, aber ich murmelte sofort: „seit Leonardo die beste Allegorie.“ (Ebenso „die große Lähmung“: dem Kraken fehlte bloß Hitlers Schirmmütze!) A. Paul Weber also. Und ich zwinkerte der imaginären Angestellten, aber schon ohne Hoffnung, zu: wenn sie bloß hier wäre; je pouvais prendre un chien hatte Tucholsky gesagt. Die Stahlrohrstühle interessierten mich weniger, und ich trat nur den Kecksten aus dem Wege.

„Kuh am Meer“: Nee! Ich schürzte das Gesicht, und starrte in das unsagbar scheußliche Grün: nee! – Rahmen hingen korrekt und schön über die Wände herunter: ich kippte einen hoch, um die Befestigung zu sehen: aha!: Spangen auf der Rückseite; man kann also jedes Blatt leicht rausnehmen. Aber ein Puh Dir, lieber Freund: dich Rindvieh nicht.

Magnus Zeller: angenehm: Hick! Aber der war wieder gut: die Mondlandschaften; und die „Italienische Stadt“; die vor allem. Ich wiegte mich in den Knöcheln und fummelte lange, ehe ich das Blatt hatte und zu den zwei anderen legte (dann doch auch noch die beiden Vollmonde). Muß ich mir merken „Magnus“ (obwohl mir „Zeller“ durchaus odiös war; so hatte ein Lump von Oberleutnant, damals im zweiten Weltkriege, geheißen: den möchte ich jetzt hier haben! Den leptosomen Lumpen! Ich schöß ihn in den Bauch, „daß ihm die Kutteln schuhlang herausplatzten" — ist von Schiller, falls Sie den Stil nicht erkennen sollten!)

„Der Sprung", „Das Ende", „Frohe Fahrt": wieder A. Paul Weber und ich schlug mit der Faust an die Wand: voilà un homme! (Also rin in Rucksack!) Weiter hinten Marcs „Affenherde" mit schönen Farben; ebenso ein originelles Treppenhausgemälde: gar nicht schlecht. Dann allerdings auf einem Sockel etwas aus gelbem geglätteten Holz, das ungefähr wie ein weiblicher Oberschenkel aussah (. . Bembergseide). „ZEN (verhüllt)" schriebs darunter, und ich stand davor, linke Hand am linken Back: „verhüllt": das Eigentliche mußte man sich also bei den beiden Schwellungen selbst denken. (Schien nicht bloß guter, sondern sogar „bester" Hoffnung zu sein; und Risse waren auch noch drin!): Kopfschütteln. Kopfschütteln. — Dann nahm ich die Treppenknaben und ging langsam nach vorn.

Die Sonne brach aus mittlerem Gewölk, blaugrauem, wie ein Bogenschuß, und ich erstarrte mitten im bildervollen Gemach:

Zuerst sah ich nichts: d'abord je ne vis rien; mes yeux déshabitués de la lumière se fermèrent brusquement: das hatte ich in unserer Zeit nicht mehr erwartet!! Ich kniete hin, den Magnus Zeller im Rücken (hol der Teufel den Schuft: den Offizier, heißt das!)

„Kinder mit Papierdrachen": der Eine hob die Hand. Der Andere, Ärmerchen, lief barfuß nebenher, die Bindfadenrolle unter grünem Arm, und die blaue Himmelswand, weißgefasert, hob sich übers Gras! Ich schlug mit dem Kopf in die stille Goldluft; ich fauchte

durch die Nase; ich hob die gefühllosen Hände: da!: Da flog er!

Der Dämon: huldreich und golden gebogen; Gottheit und listige Gefolgschaft, erschaffen und losgelöst, hinter einem selig Tobenden: so will ich ein selig Tobender sein. – Ich ging heran, und strich mit dem Finger über den gelben Rahmen; und lachte, als die Leine unter meinem Messer barst: ei, der muß mit!

Und gelobt sei die Griffelkunst-Vereinigung, Hamburg-Langenhorn 2, Timmerloh 25: denn ich habe den größten unsrer neuen Graphiker gesehen: A. Paul Weber! (Im Kupferstichkabinett hingen noch mehr; davon nahm ich „Die Luftschaukel" und „das Neueste": das vor allem).

Piranesis „Carceri" und Callot „Balli di Sfessania". Dann noch einmal oben: nee. Ein Mädchenporträt: weichgekochte blaue Augen, kurzsichtige, wie Bier, blöd, dünn und hellgelb. Immerhin: der gewölbte Pullover, und ich sah lange hin: war doch wohl Starkbier. – Ein Mönch in Habt-Acht-Stellung vor Gott. – (Dann geriet ich noch in eine Helmsammlung!! Bloß raus nach Flottbek!). – (Am Abend Gewitter).

Das Dorf Welle brannte: (So groß war die Hitze, daß ich zögerte, durch die breite Reichsstraße zu fahren, über der die riesigen Flammengewölbe fauchten). Gestern muß der Blitz eingeschlagen haben; erst hats ein paar Stunden geschwelt, dann fing der feurige Springborn an. (Und ich wurde mühsam schneller: Handpumpe und Wasserfässer muß ich auch noch aufstellen!)

2 volle Tage brauchte ich bis nach Hause, und ging ganz schön kaude von der Schinderei; dann schob ich den (unnötig breiten) Eisenriegel von innen vor, und stellte allerlei Schlaf- und Eßkunststücke an. – Am übernächsten Tage 20 große Körbe, zum Kohle schleppen, aus den Bauernhöfen der Umgegend zusammengesucht: 15 Stück, gleich 5 Reihen à 3, gehen auf den Wagen.

In 4 Tagen 80 Zentner Kohle und 40 Briketts geholt. Viel geflucht.

Unten in der Holzindustrie: meine Muskeln waren steif und geschwollen: aber sie hackten; breite Späne, dralle Scheite, durch Knorren schlug ich wie ein Wildling. Jeden Abend schwamm ich in Holzprismen (die würde ich morgen hinschaffen, aufbauen, unterm Dachvorsprung). Ich leckte Oberlippe, Mundwinkel, Unterlippe, Mundwinkel, Mundwinkel.

Silent killing (denn die 300 Schuß würden ja nicht ewig reichen). Da war zunächst eine Keule; liebevoll aus Eichenholz, und just meinem Arme gemäß (nicht „doppelten Gewichts"). Aus dem zwei Meter hohen Bambusstock wurde eine Mordslanze, leicht und fest. (Auf Pfeil und Bogen verzichtete ich doch; dazu seh ich wohl zu schlecht). Deshalb schuf ich zum Schluß noch einen Shillelah, um den mich Mike O'Hearn beneidet hätte. – Lange mit der Lanze geübt: ist schwierig (und selbst auf 15 Meter traf ich die Sperrholzscheibe nicht immer. Hm). Hat viel geregnet.

Boletus subtomentosus Linné: mir fiel auf, daß die Kappen mit der fortschreitenden Jahreszeit immer dunkler wurden und mehr rötliche Schollentupfen bekamen; dazu das seladonene Hymenäum: das sah prachtvoll aus. (Pilze hab ich mal du fond studiert, und kann lateinische Namen, lang wie der Arm eines neunjährigen Knaben). Und die Waldchampignons schmeckten wie zartestes Hühnerfleisch. Abends lange im Dickens gelesen „Master Humphrey's Clock": das und Bleakhouse sind die Meisterstücke.

Eine Katze müßte man zähmen können (daß sie auch warnt wie ein Hund, was?) Mir wars, als ob verwilderte Hunde und Kätzel manchmal an meiner Abfallgrube, hinten am Bahndamm, hantierten (das heißt, das war wohl schon die fünfte oder sechste Wildgeneration wieder; immerhin müßte man sie noch leicht zurück-domestizieren können).

Unschlüssig mit einem Spaten: gewiß: ich hatte noch sechs Kanister Kartoffelflocken. Aber ich sollte doch wohl ein kleines Feld anlegen, ehe das Zeugs auf den alten Äckern restlos verwilderte. Ich fluchte leise, und beschloß, jenseits des Weges zu graben. Nach einer mürrischen halben Stunde stank mich die Hantierung derart an! Ich stieß den Spaten daneben in die Erde (um die Stelle wiederfinden zu können), und ging mir ein Stück lesen. (Später doch noch so 500 Quadratmeter gerodet, mein Dung, den ich schaudernd verteilte, gab die persönliche Note, und von den Feldern kartoffelähnliches geholt. — Wird wohl nichts werden!)

Ein Detektorapparat (ich weiß: es war verrückt!) aber ich versuchte es doch. Zog beim Appenrodt eine gute Antenne aus Kupferlitze; saubere Erde. — Nichts. Drei Nachtstunden mit dem Kopfhörer davor gehockt; danach war ich so weit, daß ich auf 42,5 ein Pfeifen zu hören wähnte, ganz dahinten, „weit in der Türkei"; aber es war wohl Selbsttäuschung; denn später vernahm ich nichts mehr. Ob man mit einem Fahrraddynamo einen Röhrenapparat betreiben kann? Und ich verwünschte meine Halbbildung (besser: meine Lehrer!), die mir nichts darüber sagte. Vielleicht ne einfache Voltasche Säule. Vielleicht saßen so in Südaustralien, Perth, doch noch ein paar Menschengruppen, und ich hätte sie wohl faseln hören mögen. Ich möchte wissen, warum ich überhaupt noch diariiere; ich habe keine Lust mehr, im Sinnlosen zu stochern: wie sauber und fest könnte ich Arbeiter leben („Oh, daß ich doch ein Schreiner wär"). Meine Hände riechen nach Cheddar-Cheese; mein Gesäß juckt: wie wird das erst riechen! (Das sind keine Witze, sondern Abscheu vorm Organischen).

Wildschweine; und ich schaltete am Gewehr: soll ich?! (Wegen meinem Kartoffelfeld!). Aber der letzte Sonnenschein verblaßte; ein Wolkenmorlocke schlich darüber, flachsig behaart und grauweiß am ganzen Körper. Da stand ich wieder vom Knie auf, und stakte verdrossen heim durch Busch und Wildwuchs, heim, nach Wacholdringen. – Letzte schöne Tage; Indian Summer (Noch am Abend plus 16 Grad).

Völlig leer: der Himmel. Der schneidige Drittelmond ließ nur 20 große Sterne übrig, heißa, die Starken. Und im Klaren tobte der Wind, daß mir die Haare wirbelten und bebten. Blank und hellgrau war die Hauswand mit der schattigen Wartetür; übers Dach lief Schwarzglanz und himmlisch Silberblau, schwarz und blau, daß mir die Seele wirbelte und bebte. So stand ich im dunklen waldenen Gehöft, bis mir die Schulterhaut unterm Hemd gefror, und nur noch die Wahl blieb, zu saufen oder wieder ins federne Futteral zu schliefen:

Ich trat in den Mond, das Gewehr ritt mit, in der Achselhöhle, über den Pistolen spannte der Hosentaschenstoff. Ich bog mich geschmeidig rechts und glitt in die Kiefernphalangen, oben glitt der mit: immer schneller. Es rollte im Baumgekrön und wurbelte im schwarz geschnitzten Unterholz, das Blättergeschwätz schnellte und federte mich vorwärts. Ich sprang mich hinter den dicksten Tannenstamm und rauhte in die strahlende Lichtung: schwirrten Äste, wehten Kräuter, wachten Jäger, blitzt der Mond. Griff zur runden Hüfte und drehte am Köpfchen der Feldflasche; das Kettlein klinkerte und schüchtern. Ich schloß den Lippenrand ums Aluminiumgewinde; der Kehlkopf pumpte; und die Helligkeit wurde noch stählerner. Wind griff an, straight über die Lichtung, erstes allein: Du mich attackieren?! Ich sprang über alte Stümpfe, tanzte unter den Ästen entlang, der Wald entfaltete sich: gleich fließt die Straße.

Straße noch mit harten Wagenspuren aus der Menschenzeit. Ich trieb vorm Wind auf ihr entlang bis zum Gehöft; an ihm vorbei; die Apfelbäume murrten im Untakt. Hurtiger wurde ich, schon war die Lippenhaut gefühllos, und die Schenkel ritten unter mir auf dem platten Radfahrweg entlang, eins, zwei, rast ich, so rost ich.

Kolonie Hünzingen: früher waren hier Lichter gewesen für den nächtigen Wanderer: las ein Mann im Kalender, spielte ein Mädchen am Schlüpfer, zählte man Geld, strahlten die mächtigen Birnen, radiotierten Meldungen „aus der Welt des Sports“. Schliefen Pflüge im Scheunendunkel, Hunde standen dröhnend an Ketten, die Pappel am Wasserloch sah am Tag Enten. War. Sah.

Im zweiten Haus rechts (und in der unermüdlichen Hand schnarrte die Lampe). Nach vier Axthieben schwankte auch die Tür auf: eine Küche. Noch schrie das Aluminium matt, Tassen und Teller hatten auch blaue Blumen. Meine Finger erstarrten und völlige Dunkelheit kam erst; dann gleich der Mond durchs Fenstervierseit. Ich tappte finstere Treppen entpor, schlug Fäuste an Türen, eine Kammer öffnete sich vielsagend: ein Mädchenzimmer! Am gebrochenen Fenster blaffte der frigide Zwitterwind; ich schob den Kopf zwischen die Schamkissen und hörte den Nessel am Barte kratzen. Fürstliche Müdigkeit überkam mich, gefährliche, und ich schluckte den kleinen Rest, fußwackelnd und keuchend.

Hinab! über der Straße spritzte Licht aus dem Mond. Ich grätschte heiß zurück; diesmal nur, und langsamer, auf den Wegen. Die Felder, obwohl mond-erhellt, ließen mich kalt: ich tat sie mit einer Handbewegung ab: was wollte lackweißes Wildgetreide: eine Maus hätte ich gerne gehabt (das heißt: gesehen!). Oder einen Zahnarzt. – Ich hastete bewußt mit weichenden Beinen zurück und setzte mich vor mein Haus: aus! –

Wer hat die Kulturwerte geschaffen?! Nur Griechen, Romanen, Germanen; Inder in der Philosophie. – Die Slaven sind typisch kulturlos: mein Gott: Schach und n bissel Musik!

Regen tagelang. Der greise Wind stand wie ein Widder ums Haus, Gramwind, Gramwind (und die Tonnen füllten sich mit dem schönen matten Wasser!). Ich ging zum anderen Fenster und sah nach Osten.

Draußen (hatte mir doch die Schuhe angezogen und das

Zeltbahn-Cape umgeschwungen; auf dem Weg ging sichs bequemer, und in der Tarnkleidung sah mich Niemand vor den Kiefernkulissen). Der Regen steppte mir auf dem Mützenschirm, an der Schulter fingerte und morste es flink, als ich um die Ecke lehnte, blieben auch die Böen zurück.

Der Bahndamm: körnig wies der flache Kunstwall in Ferne und Regendunst. Da hatten sie sich mit Kollergängen gemüht, gemessen und geschnitzt; eisernes Gelumpe ausgelegt, und waren für schnödes Geld draufrumgefahren: jetzt war Alles schon überwachsen. Es tropfte im Unterholz, und in den Pfützen sott es kalt und seidengrau, Blasen sprangen und schwammen: hätten sie nur auf Malthus und Annie Besant gehört; aber 1950 waren sie soweit gewesen, daß die Bevölkerung der Erde jeden Tag um 100 000 zunahm: Einhunderttausend!! Ich sah zufrieden durch die schwarzen Kiefernstangen: wie gut, daß es so gekommen ist!

Der zweite November brach die Blätter ab, überall lagen die Kupferscheibchen herum, eine feurige Woche lang; dann verschwand ich im frühen und harten Winter (stimmte auch wieder ungefähr mit dem elfjährigen Sonnenfleckenzyklus, nicht?!) Im Januar fror der Bach und ich mußte viel Eis schmelzen; der Ofen donnerte und strahlte breithüftig am weißblauen Tag und der zebranen Nacht.

Der Mond blitzte scharfe Schatten um mich und erschien immer wieder in den samtenen Abgründen. Einmal blies es 50 Stunden lang aus Osten, daß ich minus 33 ablas. (An dem gleichen Morgen fand eine Jupiterbedeckung statt.)

Die schwarze Kuppel der Nacht: aus dem kreisrunden

Oberlicht im Zenit kam es giftigklar und so hohnhell, daß der Schnee Augen und Sohlen brannte. Ich setzte mich auf die oberste meiner beiden Holzstufen, und schrieb auf einem großen Bogen:

Das Problem des Fermat: In $A^N + B^N = C^N$ soll, die Ganzzahligkeit aller Größen vorausgesetzt, N nie größer als 2 sein können. Ich bewies es mir rasch so:

(1) $A^N = C^N - B^N$ oder $A^{2 \cdot N/2} = (C^{N/2} - B^{N/2}) \cdot$
$\cdot (C^{N/2} + B^{N/2})$ oder also

(2) $A^{N/2}$ = Wurzel aus der rechten Seite; ich setzte $C^{N/2} - B^{N/2} = x^2$ und $C^{N/2} + B^{N/2} = y^2$, damit wird automatisch (3) $A^N = (x \cdot y^2) = a^2$ und weiterhin ergibt sich:

(4) $C^N = [(x^2 + y^2)/2]^2 = c^2$ sowie auch (5) $B^N =$
$= [(y^2 - x^2)/2]^2 = b^2$

Die Gleichung $A^N + B^N = C^N$ läßt sich also grundsätzlich stets auf die quadratische Form $a^2 + b^2 = c^2$ zurückführen, worin x und y die Fundamentalgrößen sind. Damit a, b und c ganze Zahlen werden, müssen x und y ebenfalls ganze Zahlen sein, außerdem auch $y - x = 2$ m. usw. usw. (Gleich mehrere Möglichkeiten: für $y = 4$; $x = 2$ ergibt sich $8^2 + 6^2 = 10^2$. Für $y = 5$; $x = 3$ heißt es $15^2 + 8^2 = 17^2$; so daß also die 8 z. B. zweimal vorkommen kann, je nachdem sie a oder b wird.)

Ins Bedeutend Allgemeine: Für die Bedingung der Ganzzahligkeit darf jeder Ausdruck $A^N + B^N + C^N +$ $+ D^N + \ldots\ldots = Z^N$ in seiner sparsamsten Form auf der linken Seite N Glieder haben, nicht weniger! Und – wie oben im Beispiel die 8 – kann derselbe Zahlenwert darin bestenfalls N mal vorkommen, je nachdem, ob er A^N, B^N etc. wird. Z. B. für $N = 3$

gelten: $3^3 + 4^3 + 5^3 = 6^3$; $18^3 + 3^3 + 24^3 = 27^3$; $36^3 + 37^3 + 3^3 = 46^3$. Flink zogen sich die Symbole aus dem Bleistift, und ich murkste munter so weiter: das muß man sich mal vorstellen: ich löse das Problem des Fermat! (Aber die Zeit verging vorbildlich dabei).

With all its numberless goings on of life / inaudible as dreams: Viel im ST Coleridge gelesen. Auch die Lais der Marie de France (Hier also das Vorbild zu Fouqués „Ritter Elidouc". D. h. es kann evtl. auch noch Gottfried von Monmouth sein).

Über das Universum als Fortsetzung des Sinnensystems.

II

20. 5. 1962.

USA-Kultur: so klein ist Niemand, daß er sich nicht zu Hause grande nennen ließe! Ich schmiß das Reader's Digest an die Wand, hieb ein Papier in die Tippa und knatterte los (oh, war ich wütend!):

Herrn Professor George R. Stewart, University of California, U.S.A.

Sehr geehrter Herr Professor!

Ich habe mit großem Interesse den instruktiven Auszug aus Ihrem neuen Buche „Man, an Autobiography", welchen Reader's Digest vom Juli 1947 auf den Seiten 141—176 bringt, durchlesen, und mit tiefem Staunen diese Geschichte der Menschheit nacherlebt.

Mit Recht rühmt ein Ungenannter in seinem kurzen Vorwort die „Originalität Ihrer Schriften", und daß Sie aus dem alten Thema eine „rattling good story" ohne den üblichen Ballast schwerfälliger Namen und Zahlen gemacht hätten. Hierzulande schrecken Manche zwar vor dem Gerattle in kulturgeschichtlichen Fragen immer noch etwas zurück; desto mehr aber schätzt man Ihre weiterhin garantierte „Sorgfalt, mit der Sie Ihre Belege ausgewählt haben".

Zunächst ein Wort hierzu. Langes früheres Studium der Geographie der Alten läßt mich auf dieses Gebiet auch heute noch stets aufmerken. Deshalb war mir Ihre Behauptung (S. 170a) besonders empfindlich, und hat mir keine besonders günstige Meinung von Ihrem Wissen oder Ihrer Sorgfalt beigebracht: „Trotz Griechen und Phöniziern waren die Alten im Wesentlichen Landratten (landlubbers), ausgesprochene Küstenfahrer. Aber wer am Atlantic wohnte, mußte schon entweder Seefahrer werden oder zu Hause bleiben. Und sie fuhren, und bauten tüchtige Schiffe, und segelten weiter: die Wikinge, Flamen und Engländer, die Hansakaufleute, Bretonen und Portugiesen ..." (Ich will das sinnige „entweder – oder" übergehen: der Löwe brüllt wenn er nicht schweigt). – Wenn Sie (und Andere) immer wieder die Wikinger preisen, dann denken Sie wahrscheinlich an die erste Entdeckung Amerikas; vergessen aber dabei, daß keiner dieser Seeräuber jemals in direkter Fahrt von Norwegen oder England aus Vinland erreichte, sondern stets über die Zwischenstationen Island und Grönland (die z. B. in Sichtweite voneinander liegen!): keine dieser Etappen verlangte mehr als allerhöchstens 1000 km Hochseefahrt; die letzte wurde oft unfreiwillig gemacht.

Ich will nicht zur Entschuldigung der Alten anführen, daß in den Meeren, deren Anwohner sie waren – Mittelmeer, schwarzes und rotes Meer – für solche Strecken gar kein Raum gewesen wäre. Sobald sie die Gewässer genügend erkundet hatten, verließen sie natürlich die Ufer, und durchkreuzten regelmäßig die Flut nach allen Richtungen; und von Byzanz nach Phanagoria waren es doch auch schon über 700 km! (Ich will allerdings nicht unredlich verschweigen, daß auf dieser Route nach den Berichten der Schiffer sich ein Punkt fand, wo der Wissende Kap Kriumetopon im Norden und Karambis im Süden wie einen leichten Dunst zugleich ausmachen konnte).

Aber es gibt ein ganz anderes Großbeispiel, nämlich den Indienhandel! Nachdem Eudoxos zur Zeit des Ptolemaios Euergetes als erster Grieche den Seeweg nach Indien offiziell erschlossen hatte, nahmen die Handelsunternehmungen wahrhaft gigantische Formen an. Ich empfehle Ihnen, die wirklich interessanten „facts“ in Ihr Repertoire aufzunehmen: wie man von Alexandria nilaufwärts nach Koptos fuhr; und von dort mit Karawanen nach Berenike am roten Meer zog, wo die Indienflotte mit bis zu 120 (!) Großfrachtern wartete. Bis Oikilis am Ausgange des roten Meeres war man freilich noch zwangsläufig in Landnähe; aber von da fuhr der Geleitzug im Juli/August mit dem Monsun *in 40 Tagen ununterbrochener Hochseefahrt*, Herr Professor, 3000 km nach Barygaza, etc., an der Malabarküste; im Dezember wieder zurück. Und diese Fahrt wurde seit dem Schiffer Hippalos jahrhundertelang, Jahr für Jahr mit Großgeleiten betrieben, so daß Plinius den Wert der Güterausfuhr mit 50 Millionen Sesterzen, den der Einfuhr mit 5 Milliarden angeben konnte.

Auch die Chryse-Fahrten über den bengalischen Meerbusen (1300 km Hochseestrecke) gehören hierher; denn die Reisen wurden regelmäßig gemacht, und Ptolemaios spricht davon als einer bekannten Sache. — Niemals ist vor Kolumbus Ähnliches unternommen worden, von keiner der von Ihnen als überlegen angepriesenen Nationen des Entweder-Oder; und auch Kolumbus selbst ist ja mit Vinland-Kenntnissen gestartet.

: Sie aber stellen denen die Alten als „landlubbers“ gegenüber, nicht wahr?! Ich mache Ihnen den Vorwurf der Unwissenheit!
Nicht, daß ich jede Ihrer Ansichten ablehnte; denn wie Sie richtig bemerken (S. 165a): „Continual talking is likely to be associated with some thought here and there“; nur sollte man nach dieser Maxime keine Bücher verfertigen, zumal keine kulturgeschichtlichen. Aber für Ihren „Man“ ist ja das Ausschlaggebende „Civilization“, d. h. nach Ihrer eigenen Definition auf S. 175b : „The mass of such things as agriculture, metalworking and social tradition“ (nicht etwa Kunst oder Wissenschaft, nichts da! Das Wort Kultur kommt ja auch nicht einmal vor bei Ihnen: nur S. 168a sprechen Sie in einer Zeile ironisch von solchen, denen ein Gedicht mehr gilt, als ein Pflug); aber civilization: das gibt die „Control over the outside world“ und das ist Ihnen auch der eigentliche „rough and easy way“, das entscheidende Kriterium, Epochen miteinander zu vergleichen, oder, wie Sie Ihre Methode deutlicher präzisieren, zu „testen“.
Und wie um uns das volle Gewicht Ihres Zivilisationstestes recht bald handgreiflich zu machen, applizieren Sie ihn (unser „anwenden“ gibt Ihr Verfahren nur unvollkommen wieder) mit anerkennenswerter Parteilosigkeit auch auf die Griechen.
Zunächst machen Sie uns die Entstehung hellenischer Kultur unschwer faßlich: „Not having much regular work to do, they had to pass the time in various ways. *Thus the Greek citizens were able to develop art, athletics, and philosophy*“. Klingt ganz einleuchtend, wie? Und so einfach! — Nicht wahr: die Regie-

renden und Priester der Jahrtausende vor und nach Jenen hatten diese faule Zeit nicht?! Und die gleichfalls arbeitsscheuen Südseeinsulaner, oder Germanen, oder Klosterinsassen etc. hatten sie auch nicht! Und dennoch haben die alle Künste und Wissenschaften (von Philosophie einmal ganz zu schweigen!) nicht nur nicht entwickelt, nicht nur sie gar nicht verstanden, wo sie ihnen begegneten, sondern sogar ihr bestes getan, sie zu unterdrücken! Kultur ist nämlich für gewisse Leute — so 99 Prozent — langweilig: wissen Sie das?! — Wohl braucht der Künstler und Denker Muße; aber umkehrbar ist dieser Satz, ähnlich wie der vom Schwein und der Wurst, nicht.

„Viel Unsinn ist schon über die Griechen im Allgemeinen, und besonders die Perserkriege geschrieben worden ...“: zugegeben: ich habe ja Ihr Buch in der Hand!

„Das Hauptunglück der Perser war nämlich nicht, den Griechenkrieg zu verlieren, sondern die Griechen die Geschichte dieses Krieges schreiben und an die Nachwelt weiter gehen zu lassen ...“ Herr: daß der Bericht Herodots — er ist ja die Quelle, nicht „die Griechen“ — ein Unglück für die Perser gewesen sei, kann nur Jemand daherfaseln, der ihn nie gelesen hat! Denn: „Was Herodotos von Halikarnassos erkundet, das hat er hier aufgezeichnet, auf daß nicht mit der Zeit vergehe, was von Menschen geschah, noch die großen Wundertaten ruhmlos verhallen, *die Hellenen nicht minder als Barbaren* vollbracht haben!“, und wirklich kommen ja auch die Perser durchaus nicht schlechter weg.

Das war nämlich auch so etwas, was Ihre beliebten „intelligent Egyptians or Babylonians“ oder die „in many ways more admirable“ Perser von den Griechen hätten lernen können: wie man objektiv und in genialer Gesamtschau Universalgeschichte schreibt, anstatt des engstirnigen und überheblich-verlogenen hölzernen Chronikentons der ägyptischen oder alttestamentarischen Lokalklätschereien. Nach diesen einleitenden Feststellungen setzen Sie nun erbarmungslos Ihren „test“ an (ich übergehe Ihre billigen und dabei nichts weniger als originellen Ausführungen über den Zusammenhang zwischen Quatschen und Denken; ein sicherer James Burckhardt hat schon vor Gründung der Universität California über das agorazein wesentlich lesenswertere Betrachtungen hinterlassen). Sie resümieren: „Nirgends in aller Welt ist auch nur eine wichtige Erfindung im Gebrauch, die wir mit Sicherheit den Griechen zuschreiben können.“ „Aus alle dem ziehe ich (ICH, Professor George R. Stewart!) die Folgerung, daß die Griechen die Zivilisation weder schufen, noch retteten, noch nennenswert erneuerten.“: Thank you! Nun sehen wir, so lange vom Präjudicium antiquitatis gehemmten abendländischen Neurotiker doch endlich einmal klar!

Zwar hatten uns die Fliegenden Blätter schon vor Jahrzehnten davon unterrichtet, wie man in Arkansas Wandmalerei treibt; Mark Twain vom Zeitungswesen in Tennessee; und vor Monaten entlas ich mit tiefem Glücksgefühl der New-York-Post, wie man endlich in Cazenovia für fünf Millionen Dollar die so lang entbehrte Fußball-Ruhmeshalle errichten wird (allerdings von den Griechen entlehnt: die setzten ihren Raufern und Luftspringern auch immer Denk-

male zu Olympia); aber Ihrem Buch, dieser Bonanza des Unsinns, war es vorbehalten, uns zu informieren, wie man in den US Menschheitsgeschichte lehrt!
Wir pflegten den Griechen bisher kurz folgendes zuzuschreiben:
daß sie als Erste Geist und Methode abendländischer Forschung entwickelt und geübt haben. Ihnen verdanken wir so wichtige Einzelresultate wie die genaue Messung der Erdkugel, und, daraus, resultierend, Karten mit nach Länge und Breite fixierten Objekten. In der Astronomie sind Sternenkataloge, geo- und heliozentrisches Weltbild etc. auch griechische Erfindungen; biologische Systeme rühren von ihnen her; : könnten Sie diophantische Gleichungen lösen?
Vergleichen Sie die griechischen Kunstleistungen, Statuen, Tempel, Epen, Dramen usw. selbst mit allen vorhergehenden und gleichzeitigen Leistungen: größere Männer als wir Beide haben davon geschwärmt!
Philosophie — — nun, so weit sind Sie da drüben noch nicht. —
Wir sind und bleiben der Meinung, daß, dem Stewarttest zum Trotz, unsere gesamte geistige Existenz, wie sie als Ergebnis aus den zwei letzten Kulturwellen, der Renaissance und der Klassik-Romantik, hervorgegangen ist, wie diese selbst auf dem Griechentum beruht. Sie stellen fest, daß es niemals einen „fall of civilization" gegeben habe, und nach Ihrer Definition will ich Ihnen beistimmen:
aber Sie hatten als Ihr Thema „Man" angegeben, Herr! „Man" nicht Ihre komische Civilization! Die Gleichung zwischen diesen beiden ist allerdings originell und Ihr geistiges Eigentum; aber ich bezweifle,

daß Sie deshalb viele Neider finden werden. Es mag beschämend sein, daß Ihre Nation – Edgar Poe ausgenommen – noch keinen Beitrag zur großen Kultur geliefert hat; aber auch diese Zeit wird kommen! (Allerdings nicht durch Ihr Verdienst!)

Möge Ihre Wasserspülung stets funktionieren;
in aufrichtiger Verachtung:

Falten, kouvertieren; 30 Pfennig laut Tradition drauf geklebt und per Rad zum Briefkasten unten im Dorf geschafft: so ein Salzknabe! (Und noch auf dem Rückweg entrüstete ich mich alle hundert Meter: Die hätten doch weißgott genug mit der Herstellung von Atombomben und Cornedbeef zu tun haben sollen: man kann halt nicht Alles machen!)

Der hagestolze Mond (fast noch voll) Ich hatte mich immer noch nicht beruhigt, und beschloß, rachsüchtig, auch einen test zu machen (felibre läßt das Schreiben nicht) Also: auf gehts:

1.) Kennen und schätzen Sie Meyerns „Dya-Na-Sore“, Moritzens „Anton Reiser“, Schnabels „Insel Felsenburg“?
2.) Sind Sie der Ansicht, daß ein Künstler auf Geschmack und Niveau des Volkes pfeifen sollte?
3.) „Des Menschen Wille ist nicht frei.“ – Glauben Sie das?
4.) Ziehen Sie Wielands „Aristipp“ oder die „Forsyte Saga“ vor?
5.) Haben Sie Ihre Eltern zuweilen verachtet?
6.) Sind Sie abergläubisch?
7.) Haben Sie einen Freund, der Ihnen ernsthaft die Lektüre von Klingers „Raphael de Aquillas“ empfahl?

8.) Hassen Sie Alles soldatische und Uniformierte?

9.) Können Sie kurz den Inhalt von Jean Pauls „Campanerthal" angeben?

10.) Halten Sie Nietzsche für einen mediokren Geist (aber großen Redner)?

11.) Sind Ihnen Boxen, Film, Mode, feines Benehmen, sehr lächerlich?

Dann stach mich der Teufel und ich schrieb (ich kann *Alles* schreiben und rufen: ich bin ja allein!!):

12.) Ist Ihnen zu irgend einem Zeitpunkt Ihres Lebens dieses ein Zweifel gewesen: ob irgend ein heiliges Buch, als Klopapier verwendet, Ihnen das Gesäß sengen könnte? –

Setzen Sie für Ja +1; für Nein –1 und addieren Sie:

Sie täten am besten sich zu hängen. (Damit war ich endlich den Komplex los).

Versuch mit einem Foto (bin neugierig, ob die Filme noch gehen; und entwickelt hab ich auch noch nie; abers macht Emotionen und vertreibt die Zeit). So fing ich denn an zu knipsen: Sonnenflecke; eine stübchengroße Lichtung; verrosteten Stacheldraht (am Bahnhof, wo das Alteisen lag); larvenzerfressene Pilzruinen; ein Ast im Wald, oh ewig flüchtende Gestalt; einmal mitten ins deutsche Gewölk durch ein spreiziges Tännchen. Natürlich auch mich (mit Selbstauslöser): auf den Stufen des Hauses, sinnschwer in einen Folianten vertieft (aber ich zog – wie immer – ein so blödes Gesicht, daß mir schon das Negativ entgegenwiderte).

Heinrich Heine: Sehr nett zu lesen (sehr nett zu vergessen). Hätte er nur einen Band – nach Maßgabe meiner vierbändigen Ausgabe — geschrieben, wäre er ein großer Mann gewesen: aber das erlaubte die finanzielle Misere keinem Schriftsteller: jeder mußte aus Not zum Zuhälter der Muse werden, zum Louis (d. h. auf Deutsch: neckische Zeitungsgeschichten brauen; einiges für Rias arrangieren; fleißig Ausländer übersetzen usw. — bloß gut, daß auch der Zauber auf ewig vorbei war!)

Schönwetterperiode, und viel an der großen Karte 1:10 000 ergänzt. (Hatte als Ausgangsbasis eine Linie vom schon erwähnten Hochstand bis zum ehemaligen Flakturm, gegenüber Bauer Lüdecke gewählt, und ausreichend Punkte eingemessen; für die kleinen Flächen dazwischen genügten Kompaß, Winkelspiegel und Distanzen abschreiten). Ich will mein Gebiet immer unter Kontrolle halten. —

Im Verpflegungslager Düshorn für alle Fälle eine Notwohnung angelegt: bloß ganz roh: den Raum zurechtgemacht, Decken hingelegt, etwas Kleidung und Gerät; man weiß nie.

24. 6.: mit irren Händen im Gebüsch blättern (und der Kessel dampft und kocht bald; kann nur in den Pausen berichten).

Ich ging am Waldrand so für mich hin, buchstäblich: ganz ohne Vorsatz. Wie Robinson mit 2 Flinten, und, der Mittagssonne wegen, unter der weißen Schirmkappe (also das soll mir die Lehre sein: nie mehr mit so ner Schießscheibe auf dem Kopf rumzulaufen!). Ich sah es drüben in den Gebüschen funkeln, und legte das Doppelglas auf einem dürren Ast fest an, um noch behäbiger einstellen zu können: daß ich dabei hinter die Fichte kam, hat wahrscheinlich mein Leben gerettet; denn schon flog mir Borke um die Nase, und der Querschläger verhummelte hinten im Unterholz. Ich fiel sofort geistesgegenwärtig in den Graben (und erdolchte mich halb von hinten an dem plumpen Kammerstengel meiner Knarre).

Gedanken sammeln: also das war neu! (Ruhig werden; ganz kalt: ich kannte das Gelände, der da drüben nicht!) So hob ich erst einmal vorsichtig das Reservegewehr und knallte flach in die allgemeine Richtung: ließ es auf der ebenen Walderde vor der Rinne liegen und schob die Kappe über die runde Steinknolle daneben: dann kroch ich ganz vorsichtig 10 Meter nach rechts (also aufs Haus zu). Gab noch 20 Meter zu, bis der Graben fast zu flach wurde.

Visier 500 (Zielfernrohr war für 300 und 500 Meter adjustiert): da blitzte es drüben schon wieder, und der Dreck flog meiner Tarnkappe so um die hypothetischen Ohren, daß sie einen Zoll tiefer rutschte: superb! Da versucht ers bestimmt nochmal. – Nach kurzem Nachdenken ringelte ich mich noch 30 Meter weiter durch Nadelstreu und Bodenwust. Stieg im Kieferdickicht auf, und rannte in zwei Wacholder am Waldrand: –

Jetzt sah ich den Buben ganz deutlich im Doppelglas: hinter einem Steinhaufen lag er, und versuchte unruhig, die Wirkung seiner Schüsse zu kontrollieren; aber er mißtraute doch der eisernen Ruhe des Strohmannes und legte den (scheinbar bemützten) Kopf wieder tiefer zwischen die Klamotten.

Hinterm Bahndamm, keuchend: ich war blitzschnell, am Haus vorbei, über die Schienen, auf der rechten Seite geduckt entlang, gerannt, und lag nun auf gleicher

Höhe mit ihm – ungefähr –, doch: da war er noch! Gerade zog der Unersättliche wieder den Kolben in die Schulter (sprang ich auch schon hoch, da ich ihn so beschäftigt wußte, und schnürte im Waldsaum dahin: Pautz!!; jawoll, mein Sohn! Immer lenk Dich tüchtig ab!)

Aber jetzt wurde es schwierig: ich stand 20 Meter hinter ihm und überlegte –

Eine Möglichkeit: ihn wegzuputzen, eh er noch Jack Robinson sagen könnte. (Da lehnte auch sein Damenrad an einer krummen Föhre. Mit geraden Unterrohren: hatte die Minderzahl der deutschen Marken gehabt; rotbraun und hellgelb abgesetzt; dreckig; Pappkarton aufm Gepäckträger. Ein schlapper Rucksack im Grase: Feldflaschengebaumel, Kochgeschirr, Kartentasche). (Vielleicht hatte er vorhin auch gedacht – als ich hinter den Baum trat, und das Fernrohr spitzte – ich legte schon auf ihn an, und er müsse mir nur noch rasch zuvorkommen? –)

Gefangennehmen und «unschädlich» machen: am liebsten hätte ich mich am Kopf gekratzt: was heißt hier unschädlich?! Wenn der Bocher mir dann nach zwei Tagen mein Häusel anzündet, oder mich im Schlaf schächtet?! – Er juckte sich klauig den Oberschenkel und strampelte so wütend, daß ich grinsen mußte, wurde aber sofort wieder ernst: der konnte womöglich gleich aufstehen und rüber wollen!

Noch 8 Meter (graue Haare schon, was?!). Ich atmete noch einmal tief und unglücklich, dann gab ich mir den Ruck, sprang zu, und schlug – na: erstmal leicht – mit dem Kolben drauf!

In Overall und Mütze: so lag sie da!! Mit weißen zerschlissenen Händen.

Maßlose Blicke: Hände, Schultern, ein Gesicht. Hände schultern ein Gesicht. Augen lippen einen Mund: Du! – Keuchend stand ich auf und schoß ihre Pistolen in die Erde leer; ihrem Gewehr riß ich bewußtlos das Schloß heraus.

Die kleinen sehr weichen Brüste: die kleine sehr feste Hand.

Mit torkelnden Fingern ersuchte ich an meiner Hüfte die Rumflasche, und hielt sie angstvoll an den schlaffen gebogenen Bleichmund (da: unterm kurzen Grauhaar fühlte man jetzt die dicke Beule: oh, ich Idiot! Aber rasiert war ich gottlob).

Schlucken: endlich! Ich mach eine Hymne drauf! Schlukken. – Da legte ich ihren Kopf auf die gefaltete Decke zurück, und meine Hände als Spangen über die dünnen Schultern.

Graue Augen (noch unbewußt; grau und reifig: schön!)

Wie eine Gerte (und mit erstaunlicher Kraft): so schlug der Körper! Aber ich hielt fester: „Ruhig liegen!" sagte ich ganz still: „Und die Beule sind Sie in 8 Tagen wieder los", Lächelte. Und sie atmete; ungleichmäßig und unsicher. Pause. Ich nahm probeweise die Hände fort und hockte mich dicht an ihre rechte Flanke (sah sie aber immerfort an). „Wie heißen Sie?" fiel mir ein. „Lisa" (und ich merkte wohl, wie es sie amüsierte, daß die beiden letzten Menschen «Sie» zu einander sagten; aber trotzdem) dann erzählte ich; langsam.

Sie staunte müde: „Und Sie haben mich nicht vergewaltigt." Ich legte ihr die Hand an die Schläfe, mitleidig; einmal schüttelte ich den Kopf: „Armes Ding; mit was für Männern müssen Sie zu tun gehabt haben!" (Als ich meine Hand wieder fortzog, glitten die Fingerspitzen lange wangenentlang.) Über dem staubgrauen Weg brannte blau die Himmelseinsamkeit; ich wandte langsam das lügenlose Gesicht hinein und gestand: „— daran denken müssen habe ich allerdings auch. Einen Augenblick —". Jetzt lachte der erschöpfte kranke Mund ein wenig, weise, spöttisch, auch gütig: „Das Geständnis ist Ihr Glück!" Listig: „Denn s wär ja auch anders ne Schande für mich gewesen." Noch ein bißchen ausruhen? (Drüben bei mir hats Aspirin, ja).

Die Wildkatze: ich war kaum aufgestanden und wollte ihr Zeug zusammenraffen, da stand sie schon vor mir: in jeder Hand die Mauser, den Mund zürnend halb offen, die Augen kalt und ruchlos: la donna e mobile (Oder la belle Dame sans merci, das wirds sein!)

„So, mein Junge" sagte sie steinern und halblaut: „jetzt heb erst mal die Hände hoch!" (Na, warum nicht? : so kann ich sie leichter auf Dich runterfallenlassen!) Ich tat es gutmütig; aber als ich merkte, daß sie zu meinem Gewehr gehen wollte, lief ich ihr doch in den Weg: da fühlte ich beide Läufe tief zwischen den Rippen. Wir standen Brust an Brust und sahen uns in die Gesichter.

Sie schätzte mich ab: Größe, Schultern. — Ich schlug vor (warum soll ich sie beschämen und umsonst knipsen lassen? So hat sie später immer das Gefühl der Gleichwertigkeit, Freiwilligkeit); ich schlug vor: „Lassen Sie uns Waffenstillstand schließen. — Erst mal bis morgen Mittag. —" Dann überwand ich mich und sagte noch: „Bitte." Sie runzelte die Stirn und horchte dem Widerstreit ihrer Motive. Endlich hob ich (ganz langsam) die rechte Hand und legte sie um ihre Linke; ließ sie eine Minute in irdischer Lust darum liegen, und zog dann sanft die Waffe zur Seite (wobei wir uns so ernst in die Augen sahen wie zwei Käuzchen). Die Rechte nahm sie resolut alleine fort; mit gespielter Kälte entschied sie: „Also gut! : Bis morgen Mittag!" — Ich belud das Rad, und wir gingen, gelöst und im kleinen Schlenderschritt, zu mir hinüber. (Jetzt muß sie sich waschen; das Wasser kocht). Und ich schleppte die Eimer und füllte in der Waschküche die große Wanne, während sie drinnen ein bißchen aß, Biskuits und Leberkäse, und süßen Tee trank (mit dem seltenen Rohrzucker; der ist schon was anderes als unser Rübenzeug!); dann mußte sie sich auf die Couch legen.

Ganz leise daneben kauern (lange).

„Lisa—" (mit der Stimme berühren; ganz leicht; antupfen). Jetzt erkannte ich aber sofort, daß sie gar nicht geschlafen, sondern es sich bei der Anbetung hatte wohl sein lassen, so lausbübisch und entzückend schimmerten Iris und Zähne. : „Das Wasser wär' so weit" meldete ich da gekränkt, und sah doch schon wieder in das dämmernde Gesicht.

Hände im Holz (des Türrahmens: mein Gott, ich habe 8 Jahre lang keine Frau mehr gesehen! Und da drüben planscht es und pfeift dazu wilde Potpourris, Marion Kerby konnte es nicht besser. Zehn Mal war ich drauf und dran: «Komm in meine Liebeslaube» : nu Dich soll doch der Deuwel holen!)

«Lisa»: ich kostete «Lisa»; sprach ins Flüstergras «Lisa»; atmete nasenbreit (Alles hinten am Bach), und war nennbar selig: Lisa!

Kartoffeln: sie war heilig glücklich und schälte sie ganz dünn (auf meiner Treppe sitzend, zwischen zwei blanken Wännchen), und ich nickte tief befriedigt: good for squaw to do that. (Dazu sah sie so scheinbar gutmütig zu ihren Augen heraus, ihr Blick rann über mich, daß ich fast drauf reingefallen wäre, hätte sie nicht einmal amüsiert den Mund spitzen müssen: weil ich versunken dakäferte, wie vor einem Bild in der Galerie).

Mit Zucker aß sie die Kartoffelpuffer: war also östlich der Elbe zu Hause (Ja: zur Sache erst mal!)

Und sie berichtete, tief im Sessel, ganz still, ohne Augengelichter und Handgaukelei (nur einmal hatte ich aufgeschrieen: Lisa wollte Wasser an den Rum tun!)

Von Osten war sie gekommen (da ergänzten wir uns aufs Sachlichste; ich hatte West und Südwest durchstreifen müssen): aus der Ukraine, wohin sie verschleppt worden war; dnjestraufwärts, Lemberg, Krakau, Warschau (dort zweimal überwintert). Posen, Stettin (hatte versuchen wollen, auf dem Wasserwege weiter zu kommen, konnte aber kein Segelboot regieren: auf Usedom war sie bei konträrem und schwerem Wind beinahe bei dem Versuch verhungert). Berlin (wieder überwintert; genau wie ich während meines Wanderlebens: in eine Wohnung eingenistet; Möbel zerhackt und verheizt; Läden geplündert — und ich nickte schwer: who should know but I!), dann nach Dresden, Prag: aber von da nach Süden war sie an eine der Strahlungszonen gekommen, wo noch jetzt, Hunderte von Kilometern weit, keine Pflanze wuchs, kein Vogel flog: da war sie wieder nach Norden gebogen, über Karlsbad nach Leipzig. Hatte es aber – aus irgend einem Grunde – noch letzten November verlassen, und war, quer durch den Harz, bis Quedlinburg gekommen, wo sie der frühe und kalte Winter überrascht hatte; mühselig hatte sie sich noch mit Vorräten eindecken können. Im Mai war sie dann gestartet: Braunschweig, Hannover, Celle; 10 Tage hatte sie schon in Fallingbostel mit einem scheußlichen Schnupfen gelegen, bis Vorvorgestern. Dann Walsrode (übernachten); gleich nach dem Morgenstart hatte sie in Borg eine Radpanne gehabt, und den ganzen Tag daran geflickt. In einem Bauernhof schnell geschlafen; dann war sie versehentlich auf die Chaussee nach Ahrsen geraten, hatte fluchend ihre kleine Karte zu Rate gezogen, und wollte eben, «quer durch die Eifel«, zur Hauptstraße nach Westen stoßen, als sie «einen Kerl» am Waldrand sah, der sofort auf sie anlegte: hab ich also doch recht geraten! (Und stets vermied sie den Konjunktiv, wahrscheinlich aus Furcht, ihn abzunützen). Aber müde war sie noch nicht, und, obwohl der Wind tobte, gespannt, meinen Trick zu lernen; so gingen wir die 400 Meter im letzten Abendlicht.

Der Wind blies in die Segel ihrer Locken, weiße Schultern schlenderten voran unterm Kleid; ihre Augen erschienen zur Rechten, zur Linken, bald dicht und spottvoll, bald geweitet und horizonten, und dazu pfiff meine Jägerin, that it would have done your heart good to behold.

Sie war fertig (und ich dito: selbst von 20 Metern Entfernung sah es noch frappierend aus!) „Da hört doch Alles auf" sagte sie wütend, und wies hin, mit beiden an ihr befindlichen Händen: optischste Täuschung,

Tja. War ein splendidum mendacium gewesen (obwohl das eigentlich was anderes «bedeutet»; weiß schon). – Aber jetzt brachte sie herausfordernd die Kappe an: „Nun, würdiger Knäs?!“: wurde mir doch etwas unheimlich, als ich die beiden Löcher überm Schirm sah: und sie verschwand triumphierend im Windniagara, maid of the mist. (Das ist doch allerhand: auf mindestens 400 Meter, und ohne Zieloptik! Allerdings Weiß auf Schwarz sieht man brilliant. Aber Trotzdem! – So was!)

Ihr dünnes seladonenes Gesicht schwebte dreieckig im Stacheldüster vorbei; der biegsame Körperstiel richtete es unbarmherzig hin und her; langsame finstere Göttin mit eisernen Waffen.

Wieder in Sesseln: die Petroleumlampe schimmert friedlich. (Und uns Beiden war wohl wie im Traum – ein Satz, in dem «wohl» beide Bedeutungen hat). Aber noch blieb die wichtigste Frage:

„Haben Sie in all den Jahren – auf allen Wanderungen – keine Menschen gefunden?“ – Sie wollte zuerst nicht heran; dann sah sie doch die Wichtigkeit, unsere Erfahrungen zu kombinieren, und begann:

„Doch – zweimal.“ – „Einmal, noch in Rußland, vier Frauen: drei Junge, eine Alte. Dabei ein Mann.“ – „Die Alte hat erst die Jungen vergiftet. Dann hab ich sie vorsichtshalber übern Haufen geschossen.“ – Ich würgte heraus: „Und der – Mann?!“ Sie schüttelte verneinend den Kopf: „Blutvergiftung. 6 Wochen später.“ Stille. Ich stand planlos auf und geriet zum Bücherregal; dann wandte ich mich, und lehnte Schultern, Haare, Kniekehlen, flache Hände daran, Alles; ich fragte mit heiserer Munterkeit: „Und? Affaire

Nummer Zwei?“ – Sie knüllte das gelblichbeleuchtete Gesicht: „Lag im Sterben: eine 80jährige Polin.“ Stieß Luft durch die krause Nase: „War nicht schön!“ Nochmals Kopfschütteln; sah verlegen lächelnd herüber: „Und Sie? Wen haben Sie getroffen?“ Ich schob die Unterlippe vor, nachdenklich, aus dem eben Gehörten das allgemeine Bild komplettierend: „Niemanden.“ konnte ich Auskunft sagen. – „Also südlich von Prag ist eine der Atomwüsten.“. „Wahrscheinlich ist das der Korridor“ fiel sie eifrig ein, „von Danzig bis Triest, durch den sie am Anfang des Krieges Ost und West trennen wollten – und ich habe bei Lemberg nur zufällig einen Durchgang gefunden –?“ „Höchstwahrscheinlich“, gab ich zu, und holte eine Karte von Europa: „die zweite Separationslinie, Genua-Antwerpen, habe ich gesehen. – Über die Schweiz passiert“ erläuterte ich den fragenden Blick.

Resümieren: „Wir wissen also durch Autopsie, daß ganz Mitteleuropa menschenleer ist –“ Sie nickte. „Auch in den angrenzenden Gebieten können keine nennenswerten Gruppen mehr sitzen, sonst wären sie in den verflossenen Jahren ja längst wieder eingesickert.“ Auch das schien logisch. „Haben Sie in der Zeit jemals ein Flugzeug gesehen?“ Personne. „Rußland und die USA haben sich gegenseitig vollständig fertig gemacht: also wird auch da nicht mehr viel los sein.“ (Jetzt schlugen wir schon die Weltkarte im Andree auf).

„*Was bleibt eigentlich*“ sagte sie tiefsinnig, und ich nickte anerkennend: genau zur Sache! „Meiner Ansicht nach“, erklärte ich kalt, „wird die Lage folgende sein: Asien, Europa (Asiopa besser) –; ebenso Nordamerika –“

ich wischte mit der Hand über die blaue und gelbe Nordhalbkugel, und sie kniff zustimmend die Lippen ein. „Südafrika hats auch erwischt; ebenso die Industriezentren Australiens und Südamerikas.“. „Meine Theorie ist: daß, getrennt durch sehr große Räume, hier und da noch ein paar Einzelindividuen nomadisieren. — Vielleicht sind auf den Südzipfeln der Kontinente —“ (ich verfiel unwillkürlich in oft gedachtes Formelhaftes) — „noch kleine Gemeinden übrig. — Die Einzelnen werden, des rauhen Lebens und der Wildkrankheiten ungewohnt, wahrscheinlich rasch aussterben.“ Sie atmete schwermütig und behaglich: bei Lampenlicht klangs wie ein Buch. „Von den erwähnten Kleinstgruppen aus kann sich ja eventuell eine Wiederbevölkerung der Erde anbahnen; aber das dauert — na — hoffentlich tausend Jahre.“ „Und es ist gut so!“ schloß ich herausfordernd.

Begründung?: „Lisa!!“: „Rufen Sie sich doch das Bild der Menschheit zurück! Kultur!?: ein Kulturträger war jeder Tausendste; ein Kulturerzeuger jeder Hunderttausendste!: Moralität?: Hahaha!: Sehe jeder in sein Gewissen und sage er sei nicht längst hängensreif!“ Sie nickte, sofort überzeugt. „Boxen, Fußball, Toto: da rannten die Beine! — In Waffen ganz groß!“ — „Was waren die Ideale eines Jungen: Rennfahrer, General, Sprinterweltmeister. Eines Mädchens: Filmstar, Mode«schöpferin». Der Männer: Haremsbesitzer und Direktor. Der Frau: Auto, Elektroküche, der Titel «gnädige Frau». Der Greise: Staatsmann —“ Die Luft ging mir aus.

„Setzen wir den Fall“ hob ich wieder die Rede des alten

Kalenders an, „es gäbe — in welchem Planeten Sie wollen — eine Art von Geschöpfen, die mit einer so schlechten Anlage in die Welt kämen, daß unter Tausenden kaum Eines, und auch dies nicht anders als durch die sorgfältigste und mühsamste Kultur, unter einem Zusammenstoß der günstigsten Umstände, wovon auch nicht einer fehlen dürfte, zu einem bemerkenswerten Grade von Wert zu bringen wäre: was würden wir von der ganzen Art halten?!!"

„*Die menschliche Gattung* ist von der Natur mit Allem versehen, was zum Wahrnehmen, Beobachten, Vergleichen und Unterscheiden der Dinge nötig ist. Sie hat zu diesen Verrichtungen nicht nur das Gegenwärtige unmittelbar vor sich liegen und kann, um weise zu werden, nicht nur ihre eigenen Erfahrungen nützen: auch die Erfahrungen aller vorhergehenden Zeiten und die Bemerkungen einer Anzahl von scharfsinnigen Menschen, die, wenigstens sehr oft, richtig gesehen haben, liegen zu ihrem Gebrauch offen. Durch diese Erfahrungen und Bemerkungen ist schon längst ausgemacht, nach welchen Naturgesetzen der Mensch — in welcher Art von Gesellschaft und Verfassung er sich befinde — leben und handeln muß, um in seiner Art glücklich zu sein. Durch sie ist Alles, was für die ganze Gattung zu allen Zeiten und unter allen Umständen nützlich oder schädlich ist, unwidersprechlich dargetan; die Regeln, deren Anwendung uns vor Irrtümern und Trugschlüssen sicher stellen können, sind gefunden; wir können mit befriedigender Gewißheit wissen, was schön und häßlich, recht oder unrecht, gut oder böse ist, warum es so ist, und inwieweit es so ist; es ist keine Art von Torheit, Laster und Bosheit zu erdenken, deren Ungereimtheit oder Schädlichkeit nicht schon längst so scharf als irgend ein Lehrsatz im Euklides bewiesen wäre: Und dennoch! Dessen Allen unerachtet, drehen sich die Menschen seit etlichen tausend Jahren immer in dem nämlichen Zirkel von Torheiten, Irrtümern und Mißbräuchen herum, werden weder durch fremde noch eigene Erfahrung klüger, kurz, werden, wenns hoch in einem Individuum kommt, witziger, scharfsinniger, gelehrter, aber nie weiser."

„*Die Menschen nämlich* raisonieren gewöhnlich nicht nach den Gesetzen der Vernunft. Im Gegenteil: ihre angeborene und allgemeine Art zu vernünfteln ist diese: von einzelnen Fällen aufs Allgemeine zu schließen, aus flüchtig oder nur von einer Seite wahrgenommenen Begebenheiten irrige Folgerungen herzuleiten, und alle Augenblicke Worte mit Begriffen und Begriffe mit Sachen zu verwechseln. Die Allermeisten — das ist nach dem billigsten Überschlag 999 unter 1000 — urteilen in den meisten und wichtigsten Vorfallenheiten ihres Lebens nach den ersten sinnlichen Eindrücken, Vorurteilen, Leidenschaften, Grillen, Phantasien, Launen, zufälliger Verknüpfung der Worte und Vorstellungen in ihrem Gehirne, anscheinenden Ähnlichkeiten und geheimen Eingebungen der Parteilichkeit für sich selbst, um deretwillen sie alle Augenblicke ihren eigenen Esel für ein Pferd, und eines anderen Mannes Pferd für einen Esel ansehen. Unter den besagten 999 sind wenigstens 900, die zu all diesem nicht einmal ihre eigenen Organe brauchen, sondern aus unbegreiflicher Trägheit lieber durch fremde Augen falsch sehen, mit fremden Ohren übel hören, durch fremden Unverstand sich zu Narren machen lassen, als dies wenigstens lieber auf eigene Faust tun wollen. Gar nicht von einem beträchtlichen Teil dieser 900 zu reden, die sich angewöhnt haben, von tausend wichtigen Dingen in einem wichtigen Tone zu sprechen, ohne überhaupt zu wissen, was sie sagen, und ohne sich einen Augenblick zu bekümmern, ob sie Sinn oder Unsinn sagen."

„*Eine Maschine*, ein bloßes Werkzeug, das sich von fremden Händen brauchen und mißbrauchen lassen muß; ein Bund Stroh, das alle Augenblicke durch einen einzigen Funken in Flammen geraten kann; eine Flaumfeder, die sich von jedem Lüftchen nach einer anderen Richtung treiben läßt – sind wohl, seit die Welt steht, nie für Bilder, wodurch sich die Tätigkeit eines vernünftigen Wesens bezeichnen ließe, angesehen worden: wohl aber hat man sich ihrer von jeher bedient, um die Art und Weise auszudrücken, wie die Menschen, besonders wenn sie in große Massen zusammengedrängt sind, sich zu bewegen und zu handeln pflegen. Nicht nur sind gewöhnlicher Weise Begier und Abscheu, Furcht und Hoffnung – von Sinnlichkeit und Einbildung in Bewegung gesetzt – die Triebräder aller der täglichen Handlungen, die nicht das Werk einer bloß instinktmäßigen Gewohnheit sind: sondern in den meisten und angelegensten Fällen – gerade da, wo es um Glück oder Unglück des ganzen Lebens, Wohlstand oder Elend ganzer Völker: und am allermeisten, wo es um das Beste des ganzen menschlichen Geschlechtes zu tun ist – sind es fremde Leidenschaften oder Vorurteile, ist es der Druck oder Stoß weniger einzelner Hände, die geläufige Zunge eines einzigen Schwätzers, das wilde Feuer eines einzigen Schwärmers, der geheuchelte Eifer eines einzigen falschen Propheten, der Zuruf eines einzigen Verwegenen, der sich an die Spitze stellt —was Tausende und Hunderttausende in Bewegung setzt, wovon sie weder die Richtigkeit noch die Folgen sehen: mit welchem Rechte kann eine so unvernünftige Gattung von Geschöpfen . . ." (erst mal Luft holen).

Also: „Die Grimassenmacher, Quacksalber, Gaukler, Taschenspieler, Kuppler, Beutelschneider und Klopffechter teilten sich in die Welt; — die Schöpse reckten ihre dummen Köpfe hin und ließen sich scheren; — die Narren schnitten Kapriolen und Burzelbäume dazu. Und die Klugen, wenn sie konnten, gingen hin und wurden Einsiedler: die Weltgeschichte in nuce, in usum Delphini."

„Schuld daran?" — „Ist freilich der Primo Motore des Ganzen, der Schöpfer, den ich den Leviathan genannt, und langweilig bewiesen habe." Sie hatte während meiner schönen Rede — wahrscheinlich in einem Übermaß von Konzentration — die Augen geschlossen, und öffnete sie erst jetzt wieder, als das Mühlrad zu poltern aufhörte. „Na ja", sagte sie langsam: „Und Zahnschmerzen hab ich auch etwas." „Da müssen Sie sofort die heilige Apollonia anrufen", wußte ich Rat, bekam aber nur einen bösen Blick: „Ihrem Kolbenschlag zu verdanken!" murmelte sie (mit vornehm elliptischer Wendung).

Betten machen: Sie schlief auf der Riesencouch (Einsdreißig breit!), und: „Ich leg mich in die Küche", stellte ich beklommen fest. „Hm-M." machte sie, nicht ohne Wohlwollen: das versprach ein Roman zu werden, mit allem avec. „Gute Nacht“ sagte sie lieblich und zuvorkommend (und nestelte versonnen am Ausschnitt); – „Gute Nacht. – – Lisa!“ setzte ich blitzschnell hinzu, hörte noch ihr anerkennendes Schnurren und den Riegelklapp, und lauschte abwesend den leisen unbekümmerten Geräuschen im Nebenan: Zauberei! Heute früh –: ach was!: noch heute Nachmittag –! Plötzlich kam die große Welle Zärtlichkeit und Glück: ich hob den Kopf und lachte hell in die umsauste Kammer; ich sprang zur Tür, stemmte die Handflächen dagegen, und rief – ach, irgend etwas Sinnloses: „Tuts noch weh?!“. „Nein: gar nicht mehr!“ kam es so rasch und strahlend, und ein prächtiges kleines Lachen folgte, daß Alles gut war. – „Gute Nacht: Lisa!“ „Gú–té–Nácht.“ sang es fröhlich und müde vom Bett her, die Federung klang fein und äolsharfig, zauberflötig, paganinisch, music at night, bis ich endlich die Hände abnahm und zärtlich das Holz betrachtete.

Nochmals draußen (nach dem Kessel sehen; ob die Glut nicht etwa noch Schaden macht).

Dann am Fensterladen (mit der freien Rechten den Wind abwehren: daß er einen Augenblick ruhig ist –): Atmet drinnen, und regelmäßig.

Achtzehn Grad schon! (Und erst 5 Uhr 30!). Draußen war das bunte Seidentuch hochstraff über die Kiefernwipfel gespannt, blau und hellgelb und rosa. Im Kessel war das Wasser noch ein bißchen lau von gestern; ich rasierte mich à la maître, und legte zum braunen nackten Oberkörper nur die langen grauen Verführerhosen an, 30 cm Schlag, und den breiten schwarzen Gürtel mit der piratengroßen Messingschnalle (darunter ein Paar seegrüne Turnhöschen: denn heute würde es ja heiß werden).

Mit kleinen Fäusten hämmerte es an die Türfüllung:

„Kann ich mich waschen?

Wie spät ist es?

Sind Sie schon lange wach?“

Ich gab gewissenhaft jede gewünschte Auskunft, stellte auch das gefüllte Aluminiumwännchen auf den Hokker in der Küche, und floh dann ein bißchen den Weg auf und ab: cibiat ischtinem: es waren doch keine größeren Flächen zu waschen (aber kompliziertere fiel mir ein, fiel mir ein; und am besten: Tee, Biskuits mit Marmelade, und Erdnußbutter: wir werden sie orientalisch verweichlichen, entnerven!)

Rauhfelliger Wind schrotete hinten im Gebüsch, während hier das grüne Moos durch ihre hellgelben Zehen und Finger quoll, die schwebten darin und biegsamten.

„*Das brauchen wir ja jetzt Alles doppelt*“, sagte ich strahlend, und rieb die Wannenhöhlung trocken, hingekniet vor ihr, im Arm das schimmernde Rund, wie den Schild des Hephaistos. „Wieso –“ fragte sie eisig: „Woher wissen Sie denn, daß ich bleibe?!“ Und mein Herz gerann, daß die Finger am Blechrand erstarrten; ich senkte den großen Kopf und atmete still: richtig!: Wer sagte mir, daß Diana blieb. (Eins Null für Lisa).

„*Was essen wir heute?*“ Sie streckte träumerisch ein Bein in die frische blaue Luft; schnippte mit den Zehen (sic!); versunken: „Ja, wenn ich wünschen könnte – –“. Seufzende Stille, mädchenträumerische: „Makkaroni“ murmelte die liebenswürdige

Schwärmerin: „— Makkaroni mit Käse; dazu grüne Erbsen. Einen Mordsbraten; Tomatenmarksoße. — Und zwei Spiegeleier drauf!" schloß sie wild erwachend, und ihr Blick umfaßte mich weit und voll transzendenter Bitterkeit: „NU", sagte ich munter: „Makkaroni, Käse, . . mm, . . . m: also außer den Eiern wär Alles da: kommen Sie nur." „Iss wahr?" fragte sie mißtrauisch, schon im Schwung des Aufstehens (und ich mußte gleich Feuer machen, und als Belegstücke die betreffenden Büchsen öffnen).

12 Uhr! Da standen wir mit den dampfenden Schüsseln in der Hand, und sie zischte wie eine Natter: „Der Waffenstillstand läuft ab! Mein Gewehr! — Und Munition!" Ich setzte das leckere Rund hastig auf den Tisch, lief und gabs ihr: „Wo ist das Schloß?!" hetzte sie giftig. „Ja — ischa Waffenstillstand", sagte ich patzig: „Das hab ich noch von gestern!" Sie atmete unruhig: der Bratenduft! „Verlängern wir ihn!" schlug ich vor; trat vor sie hin, ganz dicht: so viel Männlichkeit und Bratenduft! Ich wurde ernst; ich sagte: „Lisa —" (heiser): „für hundert Jahre, ja?" Sie nickte mit dem Kopf nach der Seite: „Gut —" hauchte sie mit seltsamem Lächeln: „also zunächst für hundert Jahre." Und dann zogen wir im Triumph mit dem Tablett hinaus, hockten im Rasen und hantierten mit spitzen und runden Instrumenten, erfunden von den Verschollenen. (Anschließend wollte sie sich noch ein bißchen hinlegen: „Eine Stunde noch", bat sie beschwichtigend und legte mir die Hand über die Schulter. „Schön" sagte ich bockig: „ich werde bis 3600 zählen" und die Hand blieb zur Belohnung noch drei Sekunden länger, und Fingerspitzen prüften meine Haut. Du).

Das Gewitter stand über Stellichte mit schweren geschmiedeten Wolken (Luft wie heißes graues Glas). Alle Vögel versteckt; nur drüben kreischte maschinen das Häherpaar.

Sie kam aus dem Haus, nur in briefs und schmalstem Büstenband und kauerte sich stumm auf die graue Decke, dicht am Rand, zum Nadelboden; den mageren Rücken zu mir, Kniee am Kinn, riemenschmale Arme um die Schienbeine gewunden. Hinter dem grünen Geschnitz der Kiefernborten rumpelte landsknechtisch die eiserne Trommel; Staubwind atmete zitternd auf; dann sank wieder die schwarze Hitze, daß unsere Häute schauderten und schrumpften. Zuerst glühte es noch grün seitlich im Wald, und das verworrene Feld vor uns war staubig und giftgelb; dann schloß sich die ganze Kuppel, und der ungeschickte Janitschar wirbelte polternd näher. Meine weiße Wilde; der Wind fuhr ihr ins Haar und ich murmelte eifersüchtig: er soll das lassen! Der rosagestreifte Ball antwortete nicht; nur die Rippenspangen bogen sich deutlicher, als sie einmal tief durchatmete.

(Tiefste Dämmer): der blasse dünntrainierte Leib erwürgte mich fast. Regen zog heulend hoch und vorbei. Hände kannten keine Pause; Glieder winkelten puppig in der verwachsenen Nacht; manchmal sah ich teilnahmslos in geschäftiges Reisegewölk, reisewinde, reisewild:

Station Grauhelle: Wir halfen uns zum offenen Haus, trugen uns in hölzernen Händen übern Gang. Wir. Uns. Gang.

Immer noch Nacht: „Geh in Deinen Mantel!" befahl ich unerbittlich; ihr umgehängter Mantel lehnte seltsam schräg und kaffeebraun um sie in der Luft. „Ich bin Dir zwar herzlich gut . . .“ sagte sie noch kunstvoll drohend (war aber doch tief gerührt ob der Fürsorge); ihr Gesicht ging stürmisch unter dem meinigen auf; wir küßten uns Feuer aus den Gliedern; sie nahm mein Ohr in den Mund und flüsterte Gesetzloses, bis wir es taten. Dann in die wärmliche Nacht; aber:

„*Hörmal: Dein Kopftuch!*“ sagte ich energisch: „das grenzt ja an Piraterie –“ (und sie kicherte wohlig) – „fehlt bloß noch n Brotmesser zwischen n Zähnen“ (wohlgefällig mißbilligend), „ne Rumflasche in der Hand, und nackter Oberkörper.“ Sie nickte nachdrücklich und völlig überzeugt: „Das könnte Dir so passen“, murmelte sie hinter spitzen doppelten Zähnen: „na, mal sehn: nachher vielleicht –“ (Und schlenderte in meinen linken Arm). „Ich bin ne richtige Zigeunersche.“ und ich nickte besorgt, kummervoll: truetrue.

So I'm for drinking honestly and dying in my boots. Like an old bold mate of Lisa Weber. Also: Bibe Gallas! («Bibe Piccolomini» entgegnete sie unerschütterlich; gelernt ist gelernt).

„*Ein Oetker-Kochbuch will ich haben*“ (Varium et mutabile semper femina) „Was meinst Du, was ich uns da kochen kann!“. „Na dann“ zustimmte ich resigniert und schwerfällig, und sie lachte auf und kam sofort nahe: „Wir müssen ja schließlich auch mal essen“, sagte sie behaglich, und: „heute brauchst Du endlich nicht mehr in der Küche zu schlafen – gestern war ich so kaputt –“ vertraute sie mir noch reuig an. (Georginen: die sind adrett und ohne Falsch; auch Logarithmen. Da werd ich sie also in den nächsten Tagen in Alles einweihen).

„Ob es den Leuten nicht unheimlich dabei war? . . .“ (im Gewölbe der spreizenden Kiefer gelagert) erzählte sie nachdenklich: „—wenn sie so diese Zukunftsromane erfanden?“ (Sie las eins aus ihrem Rucksack: Jens, Angeklagte; die Tagesarbeit war getan: wieder zwei Fuhren Verpflegung geholt; ich hatte noch methodisch eine Stunde gesägt und gehackt: der Winter bleibt uns nicht erspart). „Nicht etwa wegen der Majestät ihrer Gedankengänge“ kam sie meinen präzisierenden Fragen zuvor, „sondern so: wenn Einer Ende Juni 2070 meinetwegen n schönen Abend sein läßt . . .“ und sie schüttelte tiefsinnig verstummend den Kopf. „Nu“ sagte ich behutsam: „feststehen tuts wohl heute schon, was dann für Wetter ist . . .“ aber sie tat schon, hermelinen und geschmeidig, Lisa aus dem Busch, ihre zwei Sätze, und kniete über meiner Brust: „Was willst Du damit sagen. Du Philister?!“ (So schnell zog sie also, wie instinktiv, sämtliche Folgerungen; auch hinsichtlich ihres Verehrers). Sie hatte eine Hand an meiner Kehle, während die andere suchte: „Das nimmst Du zurück. Solchen Unsinn!“ zürnte sie, freiheitlich entrüstet, aber ich stellte die Brauen schräg und schüttelte bedauernd den Kopf.

Sie stieß mir die breite grüne Grasklinge dramatisch in die Brust, und das kam so ausladend und natürlich, daß ich tief innen nachdenklich wurde, ob sich gleich die Oberflächen vor Gelächter krausten: die alte Wildkatze! Und ich fuhr der kunstvoll Fauchenden in den grauen Pelz, daß sich ihr Genick durchbog und der Mund spaltete.

In leichten hölzernen Sesseln auf dem Rasen. Die Flaschen standen zwischen uns und funkelten anmutig in den letzten rotgoldenen Lichtern. Sie rauchte, die Füße auf einem schicklichen Schemelchen, langsam vom Camel-Päckchen (mußte aber sämtliche Stummel religiös in eine Konservenbüchse legen — nicht werfen!) „*Ja das ist ein Mann.*“ seufzte sie bedeutsam und faul. Stille und Kühle. Der frische blaue Abend, gelb abgesetzt, würde noch lange dauern. Ich wandte ihr mein Gesicht zu: „Laß Deine Priameln“ sagte ich streng, „und komm gleich zum Apropos: wer ist nun wieder besonders viril?“ Und fügte, um sie zu rascherer Rede zu reizen, noch «He?» hinzu. Sie winkte mit den plakatischen Umschlägen, und ich erkannte das gröbere Bild: „Ach so,“ sagte ich schwach, und kam zum halben Bewußtsein meiner Aufgabe «Hemingway, sowohl Fiesta als auch Haben und Nichthaben.» „Nee,“ lehnte ich ab, „ich bin mehr für die Spitzen der US-Entwicklung, so Poe und Cooper: was soll ich da mit dem missing link —?“. „Und Wolfe und Faulkner?“. „Und Wolfe und Faulkner.“ Sie maulte ein paar Sekunden und strich über den Umschlag: „Da ist noch Vitalität und volles Leben“ meinte sie pikiert. „Wird diesmal noch mehr geschossen?“ fragte ich neugierig: „Oder geboxt: Jubeltrubelheiterkeit? Die Welt besteht doch nur aus Barmixern, Menschenschmugglern, Veterans; kein Mädchen ohne Nymphomanie; Autofuhren: Gott, muß Amerika schön sein!“ Aber sie fuchtelte schon drohend mit den Beinen in der Luft: Denken greift an, und man braucht Ruhe dazu. Seufzen. Dann warf sie ihren größten Tannenzapfen nach mir; sagte schwach: „Gib mir ihn aber wieder; ich will ihn zum Spielen —“ und vertiefte sich abermals in Reizungen der neuen Welt. («Was der für Stärke haben muß»;

genau wie Frau Salabanda in den Abderiten!)

Vorschlag: „Lisa: wollen wir in Hamburg ein Segelboot nehmen? Ausrüsten und in der Welt herumfahren?" (Denn sie war gewißlich der Zigeunertyp). Aber wohl war mir nicht dabei, wenn ich mich umsah (außerdem kannte ich das Meer von 3 Jahren an der Norwegenküste her, und traute den verfaulten Kuttern nicht mehr viel: aber ich hätt's noch gemacht). Sie schüttelte nüchtern den Kopf (scharfsinnig: kennt mich). Ein dreieckiges hellgelbes Segel tauchte am Horizont auf, lateinisches Segel über unsichtbarem Boot; und auch sie sah hinterhältig dem treibenden zu, gekonnt sehnsüchtig: ist denn der Stellichter Forst nicht übrig? Haselbüsche: sind sie nicht mehr gefüllt mit kleinen Schatten? (Die Camel: schmeckt sie nicht? und hinten reimte es sich auf begatten). Der himmlische Pilot landete weit an Dämmerbänken; mein unruhiger Passagier hatte die Hände am Hinterkopf und flötete fein und abendlich unregelmäßig „Ich küsse Ihre Hand, Madam —" (wie 1930: wo sind die Jahre hin?!!). „Und träum, es sei Ihr Mund": na, das kannste haben. Und ich erhob mich schwerfällig. (Kalte Nacht dann; anschließend Regenperiode).

Lisa hatte heut ihren würdigen Tag: schon beim Frühstück rückte sie fatidik an zwei Tassen und wollte einen Tisch decken, matronengütig, als könne sie jeden Augenblick nach Stricknadeln fragen. Ich soff Tee in düsterem Schweigen, und als sie einen Stuhl verkehrt auf meinen Schreibtisch schob, erkannte ich das Kismet: Saubermachen! Fenster auf, Fegen, Staubwischen, Wasserholen, Fußboden schrubben, Wasserholen, von Liebe war überhaupt keine Rede, aber schüttel mal das Tuch aus, und ich sah nur im Vorbeigehen seufzend nach der Couch: da schlug sie heuchlerisch vor, auch die zu klopfen: „Hab ichs erraten, Liebster?“. Also prügelten wir das arme Möbel kunstvoll ab, zum Dank für frohe Stunden, per ben fare (Es möllerte aber wirklich unheimlich, und da müssen wir uns heute Abend wenigstens baden, werte Diktatrix!)

„Seif mir mal den Rücken ab –“ murmelte sie badschlaff; und ich ließ die Hände sorgsam über die gebogene schaumige Fläche reisen, fühlte die Schulterblätter, die dünnen Rippen, noch mehr. – – „Mmm“ machte sie faul und genießerisch: also noch einmal, da capo al fine; – „aber vorn bin ich schon –“ erklärte der Teufel langsam (und auch erst, nachdem es ein paarmal zu spät war).

Beim Pilze sauber machen: „Morgen hab ich Geburtstag“ bekannte sie nervös (d. h. am 22. 8.; nach dem Jahrgang fragte ich edelmännisch nicht, denn 50 klingt zu gußeisern, also würde sie 35 eingestehen); „ich erst nächstes Jahr, am 18. 1.“ erwiderte ich das Vertrauen: „Du: da machen wir morgen große Orgie.“ Die Messer schnirpten flink, dann hob sie die breite Stirn: „Ich wünsch mir auch was . . .“ bemerkte sie gleichmütig lauernd; „Nu: Lisa“ entgegnete ich gutmütig und fürstlich: „Was ich dazu tun kann: wünsche nur – : –?“. „Ehrenwort?!“ fragte sie mißtrauisch, und ich runzelte betroffen die Mundwinkel: was mochte sie nur wieder wollen?? „So was Dummes! –“ meinte ich unwirsch: „Sag was Du willst, und ich tus: Na?!“

Sie zog einem Waldchampignon das Präputium zurück, beschnitt den Rand und schob den verstümmelten

Pflanzenleib mir zu („Diese Hüpferlinge!" knurrte sie ärgerlich und blies durch die Lamellen des nächsten): „Du sollst mir von Deiner Kindheit erzählen: wo und wie Du aufgewachsen bist — Eltern Undsoweiter." und sah kalt herüber; das hatte ich wieder nicht erwartet! Ich war völlig perplex; ich kratzte mir den Kopf; ich bat: „Lisa! — Liebste Lisa: kann ich nicht dafür n Sonettenkranz auf Dich machen: denk ma: 14 Stück, und das 15., das Meistersonett, ganz aus den Zeilen der übrigen? Stell Dir das mal vor!!" Jetzt war es an ihr, sich mit Zweifeln zu füllen: „Einen Sonettenkranz?" fragte sie interessiert, und gestand im gleichen Atem: „Das hat noch Niemand auf mich gemacht. — Hm. —" Und das Schwanken war groß und eitel. „Verflucht!" sie rückte gequält hin und her und warf mir einen bitterbösen Blick zu.

20 Minuten später erhob sie sich resolut, holte die zwei Würfel (dies Auskunftsmittel hatte ich sie gelehrt, wenn die Gründe 50 : 50 stehen), und erhielt für den Sonettenkranz 8, o weh; dann für die Jugenderinnerungen 11 (obwohl es «brannte»; denn der eine lag ausgesprochen auf einem Stück Schale!). Also: —

22. 8.: tarattattaaaaaaa!!! — Ich trat auf die dezent Geschmückte zu, hielt eine kleine oratio, und führte sie zu den Geschenken: ein echter Feuerbach war dabei «Die Lautenschlägerin» (noch von Hamburg her); ein neues Doppelglas 12 mal 60 Leitz (denn ihres war nur ein ganz gewöhnliches 6 mal 40 gewesen); ein großer Colt (man muß auch einen der verläßlichen Trommelrevolver haben; die Pistolen sind zu kompliziert); ein paar Bücher: 2 Cooper (in Deutsch allerdings), Victoria Regina (sowas interessiert Frauen immer), und

Wieland „Don Sylvio von Rosalva“. Sie bedankte sich gerührt und erfreut (ließ mich allerdings bei dem offiziellen Kuß raffiniert ihre Zunge fühlen, quite unladylike) und wies mit dem dünnen nackten Finger auf die 10 beschriebenen Blätter: „Sind das die Memoiren?“ bemerkte auch auf mein stummes Nicken hoheitsvoll: „Verdammt wenig, mein Lieber.“ Dann schufen wir das Symposion: Zwanzig bliesen zugleich der Blasebälg in die Öfen / allerlei Hauch aussendend des glutanfachenden Windes (und ihr gefiel das donnernde Maß ungemein: Jene stellt auf die Glut unbändiges Fett in den Tiegeln; wohlgefällig nickte sie: kai tote de chrüseia pater etitaine talanta: denn sie wog just Mehl und funkelndes Mus in zween Schalen).

Golden und hitzig strömte der Nachmittag: „Nächste Woche machen wir Kartoffeln raus“ mahnte ich nörgelig; aber sie rümpfte indigniert die Geburtstagsnase und hielt lässig die Hände vors Tympanum. Ein wenig Wind (und winzige weiße Schafflocken am Fuß der Ahrsener Gehölze: nur zu sehen im neuen großen Leitz 12 mal 60: das Instrument gefiel ihr!)

Lampiges Fenster weht auf: ich stöhnte noch ein bißchen, händigte ihr aber dann doch die Blätter anstandslos aus, ein Mann ein Wort, und sie las (bequem im Sessel, völlig zerküßt, unter der Stehlampe: meine Erinnerungen. Ich durfte stumm zusehen).

. . . *die gute Stube* war nicht verschlossen; denn man konnte, obwohl es selten genug geschah, durch sie hindurchgehen, in der derben Dämmerung der häßlichen fleischfarbenen Vorhänge, auf den harten körnigen Balkon, der wie eine kahle Steinkiste aus dem zweiten Stock des Mietshauses ragte. So schwer und trübe war er mit seinen über handbreiten undurchbrochenen Seitenwänden, daß man ihn nur auf den Zehenspitzen betreten mochte, und stets noch das schnell zweifelnde Herz bekämpfen mußte, das zagend den freiwilligen Sprung in die felsige Gassenschlucht vorschlug, um nicht zwischen den rauhen klobigen Lasten hinabzupoltern.

Zwar der lange grüne Blumenkasten vorn war anziehend genug; doch er stand am Rande; mit der dürftigen Wildnis seiner winzigen Unkräuter, welche die sinnlosen Erwachsenen sorgfältig ausrissen, mit tauben Händen und ungestraft; fäustiges Volk.

So wurde der «Balkon» zum Anfang seltsamer Flugträume, in denen man die gedämpft schreienden und scheltenden Eltern hinter sich ließ, und mit wehenden Armen weit um die Häuserecken dicht über den menschenarmen nachtgrauen Straßen schräg nach unten glitt – nicht allzuweit; meist faßte man Fuß zwischen dem Kentzlers- und Louisenweg – und schritt dann schwebend unter den graulockigen Wipfelballen der vormorgendlichen Allee dahin (Richtung Schule Hammerweg) . . .

. . . *so hell und leer* war die Welt mit großen Räumen und reinem kaltem Farbenspiel. Von breiten hölzernen Brücken sah man hinab auf die Bahngeleise, die in erregender Unerbittlichkeit schnurgerade auf den erbleichenden Himmel zu liefen; schollige Felder gingen ins fernste Blau; Mehlbeeren hingen wie traubiges Feuer in drahtstarren Dornenbüschen; vereinzelte Garben wie aus nickendem Golddraht gebündelt auf den Feldern; fliegend überall zauberfarbenes Laub und tönender Wind zwischen roten Zweigen. Weiße ruhige Villen lagen hinter abwehrend umgitterten Gärten, an den kahlen Vorstadtstraßen; raschelnd wandelte man im kühlen Abendgold. Und wenn man eins der großen gelben Blätter am weichen kalten Stiele aufnahm, lag eine rote funkelnde Kastanie darunten: der schlanke Geist im roten Seidenmantel hatte ein edles Haus. Dann kam ein kurzer kalter Windstoß, der die schleifenden Blätter drehte, und man wußte, daß er ein Wesen für sich war, deren viele diesen großen rauschenden Vorort bewohnen mußten. In langen Reihen zogen die Kinder, meist von den größeren Mädchen geordnet, auf den stillen blanken Straßen, vor dem grün und gelben Himmel entlang, mit den bunten Kugeln ihrer gerippten Papierlaternen, in denen kleine Wachshäufchen glimmten.

Einmal wurde der Abend fremd und eisscharf und so hoch, daß der Himmel, die schützende schöne Wölbung verschwand. Teilnahmsloser als Steine waren die unzählbaren glitzernden Sterne, die miteinander flinke spöttische Strahlnadeln tauschten: warum wechselten sie zierliche und eiserne Blicke, wenn man mit gefrorenen Händchen am Laternenpfahl stand? Alles verfremdete sich.

Oben war die Küche warm und hellgelb und es gab heißen Tee, den der Junge am flachen eisernen Ofen trank, während bei den anderen — den Erwachsenen — ruhiges Gespräch und matter Scherz wechselten. Es blieb immer seltsam genug, wie sie darüber hinwegsahen — mit basaltenen Seelen und warmen Händen — daß sie sich, um das Leben zu ertragen, von der Welt kleine Stücke — Stuben — abtrennten. Was war es, das ihnen diese entsetzliche Sicherheit, dies gespenstische Vergessen gab, daß sie nicht hörten, wie es im Ofen heilig und singend rief (unbekannte hohe und tiefe Stimmen, die sich gelassen und schwermütig aus den Tiefen der Nacht unverständliche Zeichen gaben; höfliche und undeutbare Rufe, ablehnende); wie draußen die edlen Bäume sich im fahrenden Eiswind kummervoll und sehnig nach rückwärts warfen; wie metallene Sternpfeile in herrlichem und tödlichem Bogen abschossen aus Nichts in Nichts, from the Alone to the Alone? Sie hatten Grenzen in sich und um sich gezogen; sie maßen und wogen: Aber das Maßlose? das nicht zu Wiegende?

(Da er keine Grenzen in sich fand, haßte er alles, was Grenze und Grenzpfahl war, und wer sie errichtet hatte).

... *Nachdem er* sorgfältig den dünnen Tee, der beim letzten Schluck einen winzigen spitzen Zuckergeschmack gab, ausgetrunken hatte, stellte er die Tasse auf den Kindertisch und sah in das spärliche Feuer, in dem sich ein länglicher Brikett aus einem stumpfschwarzen bedruckten Ziegel still in ein Anderes verwandelte. Feine rote Risse drangen von allen Seiten in ihn hinein, und darüber am Außenrand lag schon eine blättrige weiße Aschenschicht, aus der sich zuweilen noch lautlos winzige bläuliche Flämmchen mit hellgelber Spitze blähten, wenn aus dem dunklen unbekannten Berginnern die Gasströme stürzten. Für einen Augenblick konnte man am Fuße der felshohen Wand stehen, und tief in die wilden stumm glühenden Klüfte schauen; auch in roten felsigen Hochländern und funkelnden Sandwüsten wandern; oder behutsam Papierschiffchen auf ein noch schwarzes

Stück Kohle setzen und mit vergehendem Herzen warten, bis das rote Meer lautlos an die verkohlenden Planken schlug, wehe der Zaubermannschaft.

Der graubraune Sofaüberzug, und er blickte an der altmodisch hohen Rückenlehne hinauf und hinunter: bei Gaslicht, wenn die kurzhaarige, an vielen Stellen abgeschabte Plüschwand mit wilden Schatten dastand, nahm er manchmal zwei drei Stecknadeln und ein fingerlanges Endchen Zwirn, und begann unten, wo Sitz und Lehne zusammenstießen, anfangend, die Nadeln emporwandern zu lassen: bald war man mitten in der unsäglichen Bergwelt allein, im donnernden Geröll, unter überhängenden Wänden, an denen klatschend das schwere Seil schwankte.

. . . *die große Sonne* war rein gelb und rot aufgegangen und schien durch die gefrorenen Scheiben, auf denen sich, da die Küche noch nicht recht durchheizt war, das Schauspiel entfaltete.

Einmal wandte er den Kopf und rief seine Mutter, die eifrig kochte und gelben süßen Teig in einer Schüssel drehte: „Du!“; dann wies er auf das Fenster, an dem die Eiskräuter schlank und gebogen in den silbernen Schatten standen. Sie kam hastig herbei — bis an den Grenzpfahl — sah einen Augenblick in das kleine helle Gesicht, sagte schnell: „Hm — Eisblumen.“ und blickte dann wieder gespannt, einen Finger am Gashahn, in das wallende Wasser. Der Kleine sah es auch, wie es mit feinen heißen Blasen aus der unergründlichen verschleierten Tiefe des großen Topfes emporstieg, mit schraubigen Wellen an den Rändern nach der Mitte zu strömte und leise brausend wieder versank.

Dann ging er wieder in den bereiften Garten, unter den wie dünne Reifen gebogenen und mächtig gefiederten Blattwedeln entlang, einen engen weißen Pfad, der – man sah es ganz deutlich – bis ans flache Ufer eines weiten gefrorenen Sees führte, auf dessen Rand die rosige Sonne rollte.

Er hätte gern gewußt, wie die stolzen fremden Pflanzen hießen – nicht, wie sie genannt wurden – das war etwas ganz verschiedenes; denn er hatte wohl gemerkt, daß man manche Dinge richtig und manche falsch rief. „Eisblumen" war falsch; sicher hatte auch jede davon ihren eigenen Namen: aber recht wohl war ihm bei dieser Vermutung nicht; denn er erinnerte sich mit Schrecken daran, daß ja auch die Blumen, Gräser, selbst die hohen Bäume des Sommers, angeblich keine eigenen Namen hatten. Oft begegnete ihm im Treppenhaus ein großer leicht warziger Mann, mit einem lauten, roten Gesicht, der Pfeiffer hieß: warum hieß er Herr Pfeiffer, und warum hatten die sechs schlanken geliebten Pappeln am Bauerberg mit ihren munteren Blättern und den langen schönen Zweigen keine Namen? Er wollte ihnen keine «geben»; er wollte nur ihre richtigen hören!

Er sah wieder auf das Fenster und bemerkte mit Erstaunen, daß er nicht mehr in dem Garten herumlief, sondern wieder auf seinem Doppelstuhle saß; steif und mattsilbern stand in der Ferne der Zauberpark und wartete . . .

Die Tasse erschien in der Luft (ich hattes zuerst gar nicht gesehen) und man bewegte sie ungeduldig hin und her, ohne vom Papier aufzublicken: das hieß also «einschenken», na schön; ich arretierte die Wackelnde mitsamt den hellen Fingern und füllte nach. „Pre ...“ fing ich an; aber da hielt sie sie schon wieder gerade, und ich flüsterte nur der Vollständigkeit halber noch „... caución“. (Gut schaute sie aus mit der eckigen Lesebrille und dem langen schlanken Kleid; aber man hätte nach 8 Jahren wohl Helena in jedem Weibe gesehen, mahnte der Kritikus). Wahrscheinlich sollte ihr Interesse ein Kompliment für mich sein.

Sie nickte langsam und griff, ohne mich anzusehen, zum nächsten Blatt:

(Interessiert ja doch Niemanden).

Mitternacht längst vorüber: sie faltete die Blätter sorgfältig zusammen und nahm sie fest in die Hand. Ich stand am Fenster und sah den Viertelmond (crescit: er lügt) langsam und gebückt über die Wiesen schleichen; Wiesenmond durch Herbststille; alle Uhren gehen aus; ein Geist müßte man sein: schwebend über Herbstwiesen, so sähe mein tauiges Paradies aus. Sie stand hinter mir im Vorhang; sie legte die Hand an meinen Ärmel: „Ist es Dir sehr schwer gefallen?“ fragte sie abwesend-reuig; ich antwortete natürlich nicht, und wir hörten es ums Haus kiefern und hauchen.

Auf dem Wege auf und ab gehen: „Immer kann ich nicht bleiben“ sagte sie vor sich hin: „ich muß noch mehr Menschen finden.“ Nachtkälte. Ich sagte lange: „Wenn Du aber Niemanden sonst antriffst?“ (Wendung auf den Schienen; stehen; der Mond sank langsam ein in Nadelgezweig und Dunstband: rötlich war das silberne Wesen geworden, die untere Spitze schon weg, unten). „Dann komm ich wieder“ flüsterte sie tröstlich, atmete hoch und tief. Traurig und schön. –

Stiller Nebelgrund im Ostermoor: lautlos Kartoffeln rausmachen. Die Erde glühte schwarz und rot; wir wühlten langsam in den kalten Schollen, mit fleckigen weinroten Händen; es drückte unter den schwarzgeränderten Nägeln. Das Wolkenfeuer veraschte bald; kalt und dämmergrün blieb der Weidengrund unten, während ich am beuligen Sack knotete. Schärfe entstand in der Luft, und die Büsche wirbelten ein wenig mit dem schwarzen Laub. Die Stille lag herbstheil über dem «ganzen» Land.

Sie fragte: „Warum schreibst Du eigentlich noch? – Warum hast Du überhaupt Bücher geschrieben?" (Antwort: Geld verdienen. Worte meine einzigen Kenntnisse. „Das ist nicht wahr!" sagte sie empört. Habs anders versucht. Auch: es macht mir Vergnügen, Naturbilder, Situationen, in Worten zu fixieren, und kurze Geschichten so durchzukneten).

Sie pfiff den Marsch der finnländischen Reiterei: püpüpi: püpüpi: püpüpüperüpüpü (og frihet gar ut fra den ljugande pol); sie sagte gerunzelt: „Also niemals für Leser, wie? Nie irgendeine propagandistische oder «sittliche» Aufgabe gefühlt?"

„Für Leser?" fragte ich zutiefst erstaunt; auch die «sittliche Aufgabe» war mir neu. „Ich meinte ja auch bloß –" besänftigte sie, bohrte aber sanft weiter: „aber sag mal: –?". „Ich hab immer begeistert Wieland gelesen: Poe, Hoffmann, Cervantes, Lessing, Tieck, Cooper, Jean Paul – das hab ich mir manchmal vorgestellt: ob die mit meinen Sachen zufrieden wären, oder Alfred Döblin und Johannes Schmidt. Aber allgemein «Leser»?? – Nee!!" (Sowas kenn ich nicht).

„Heldenverehrung?“ ich schnob verächtlich: „Mädchen!“ Wer so lange mit mir gelebt hat wie ich, der glaubt an keine heroes mehr (vielleicht einige, aber die sind sicher schon lange tot). Trotzdem bat ich: „Lisa: bleib!“ aber sie war schon zu weit weg, mindestens 10 Furchen, und füllte den Drahtkorb wieder mit den sanften steinhellen Knollen.

Frost at midnight: die hölzerne Stube war weiß und schwarz vor Mondgeflunker; im Ofen schlief ein dikker roter Punkt. Wir erwachten fröstelnd, und sie bohrte die geliebten Schultern scharf in mich. Ich streichelte einmal mit den Händen über Alles, sagte: „ich mach noch mal Feuer,“ küßte in schläfriges Haar, und holperte, nächtlich bekleidet: gestreift wie im bagno, zum herrlichen Ofen. Jetzt segnete ich unser Gesäge, und all die Spändel-Nachmittage; ich griff in schattige Hölzer und baute schnell ein kunstvolles Gitter um den roten Punkt, blies delphinenmäulig schlaftrunken, und sogleich wucherte die Flamme im eisernen Gewölbe, dehnte sich begehrlich und dünn durch die Züge, der Kopf torkelte mir auf die kalte Brust, und ich stolperte wieder zur Lisa.

Nach 15 Minuten floß die warme Welle über uns. Sie stöhnte befriedigt, pflanzenhaft willenarm (und ich huschte noch einmal davon und schob Buchenkloben nach). Wir umschoben uns mit Händen und flochten die Beine umeinander, ruhig und sicher. Als es richtig warm war, sagte sie lüstrig:

„Komm: laß uns wacholdern!“ Ich erhob mich, einverstanden ohne Widerspruch, denn der Mond hatte auch mich toll gemacht; wir verkleideten uns, stirnziehend

und flink, und gingen hintereinander durch die Bretterwände.

Wacholdermond: er funkelte und weißblaute genug. Die Pflanzen standen seydenschwartz mit wunderlchen Gebärden (das «i» muß um des Satzrhythmus willen ausfallen). Noch einmal: glitt Lisa ins Haus nach den Flaschen. – Wir tranken in festes Nadelparkett gehockt, still und beherrscht.

Sie reckte den Hals, ihre Stimme sagte: „Ich fahr ab." Ich sah die Wacholder um mich huschen, sitzen; ich faßte meinen Nebenast: „Wieso?" fragte ich trocken und un. Drüben blinkte das grüne Flaschenglas im Hochlicht: „Mir gehts zu gut bei Dir" atmete es über drei Moosfleckchen. Ich war mit einem Donnersprunge neben der Weißen und faßte in ihr Fleisch: „Lisa!!"

Ich sagte: „Lisa!: –"

„Meine Haut zittert, wenn ich ein Kleidungsstück von Dir sehe. Und mein Herz ist wie ein Fundevogel, denke ich nur Deinen Namen: wollen wir nicht wie die Prinzen leben. Meine Champignonne?"

Sie antwortete gellend: „Ich hab keine Schuhe an." (Richtig: ihre Füße waren nackt!) Ich riß mir die Jacke auf und stemmte ihre Sohlen an die Brust, ihre Knie lagen in meinen Händen. Der Mondwirt goß es weiß über uns; rechts von ihr lag eine gelbe Hand, links von ihr lag eine gestreifte Hand: und sie kamen auf meinen Körper zu. Ich rieb ihre Kniee und drang näher auf sie ein; aber sie straffte die Beine und trieb mich zurück.

„Morgen fahre ich ab: es ist gerade noch Zeit, ehe ich ganz behäbig werde. Du bist mir zu stark." Sie schob sich hoch; sie sagte ruhig: „Du kannst mir gleich dabei

helfen: sieh das Rad durch und den Anhänger; ich zieh mich an."

Rad aufgepumpt; der Anhänger dran. Ich ging ins Haus; sie stand in der Küche und packte, mit Büchsen und Flaschen einen Rucksack. Ich rief: „Bleib!" (Glas und Blech erscholl nicht gedämpfter).

„*Lisa!*" aber eine Leine machte Knoten und raschelte. Da ging ich hinaus und gaffte, wie sich der Reif auf dem Land bildete.

In Overall und Mütze: so griff sie nach der Lenkstange. Noch einmal trank sie süchtig; hielt mir das gläserne Behältnis hin, und ich küßte den kalten feuchten Flaschenmund, den kalten schnapsfeuchten Frauenmund, bebend vor Kälte und Elend.

„*Ich muß!*" erklärte sie entschlossen, „ich werde bei Dir — ich weiß nicht — dicker und klassischer. — Sicher ists nur mein Zigeunergeist und in 8 Tagen bereu ichs schon. — Du bleibst ja hier, und ich weiß immer, wo meine letzte Zuflucht sein kann: —?!" Sie hielt mir die Hand über den Rahmen hin, und ich griff ihr Halsfleisch und küßte was ich fand, daß wir fast umfielen.

„*Ich bin verrückt!*" stellte sie stöhnend fest: „Aber kein Mensch kann für seine Natur. Entwurzelt durch 3 Kriege, ach —" Sie brach ab und befahl: „Tritt zurück. In den Buschkreis." Ich tats. Sie saß ruhig auf und sah sich noch einmal um:

Die Wiesen glänzten still und luftig im sottschwarzen Kiefernrahmen. Der Mond als Schlußstein des schief zugespitzten Himmelsgewölbes. Ich sagte sinnlos: „Hast Du auch Streichhölzer — Du?". Sie erwachte und erwiderte interessiert: „Nein! — Hol mir welche: ja?!"

Im Haus: wo sind die denn?! Ich zerriß Schübe und Packpapier: wo denn!! –

Fort: Sie war fort! Natürlich! Und ich stand mit geducktem Kopf wie in einem blauen Stein. Blödes Gesicht. Inmitten Pflanzen. In der Rechten ein Paket Streichhölzer.

Gegen Morgen kam Gewölk auf (und Regenschauer). Frischer gelber Rauch wehte mich an: mein Ofen! So verließ ich den Wald und schob mich ans Haus: der letzte Mensch.

Noch einmal den Kopf hoch: da stand er grün in hellroten Morgenwolken. Reif in Wiesenstücken. Auch Wind kam auf. Wind.